敌人的美容术

Cosmétique de l'ennemi
Amélie Nothomb

[比] 阿梅丽·诺冬 著
赵文趣 译

深圳出版社

图书在版编目（CIP）数据

敌人的美容术/(比)阿梅丽·诺冬著；赵文趣译. -- 深圳：深圳出版社，2023.2
（左岸译丛）
ISBN 978-7-5507-3708-2

Ⅰ.①敌… Ⅱ.①阿… ②赵… Ⅲ.①中篇小说－比利时－现代 Ⅳ.①I564.45

中国版本图书馆CIP数据核字(2022)第217372号

版权登记号　图字：19-2022-140号
Originally published in France as:
Cosmétique de l'ennemi by Amélie Nothomb
© Editions Albin Michel - Paris 2001

敌人的美容术
DIREN DE MEIRONGSHU

出 品 人	聂雄前
责任编辑	沈逸舟　邱秋卡
责任校对	万妮霞
责任技编	梁立新
装帧设计	龙瀚文化

出版发行	深圳出版社
地　　址	深圳市彩田南路海天综合大厦（518033）
网　　址	www.htph.com.cn
订购电话	0755-83460239（邮购、团购）
设计制作	深圳市龙瀚文化传播有限公司 0755-33133493
印　　刷	深圳市汇亿丰印刷科技有限公司
开　　本	787mm×1092mm　1/32
印　　张	4.5
字　　数	68千
版　　次	2023年2月第1版
印　　次	2023年2月第1次
定　　价	32.00元

版权所有，侵权必究。凡有印装质量问题，我社负责调换。
法律顾问：苑景会律师 502039234@qq.com

作者简介

阿梅丽·诺冬（Amélie Nothomb），比利时法语作家，童年时曾随父在中国、日本、缅甸、美国等国居住，后回比利时求学，毕业于布鲁塞尔自由大学。自1992年《杀手保健》起每年出版一本小说，至今已有三十余本，几乎本本畅销，其中《诚惶诚恐》获1999年法兰西学院小说大奖，《闻所未闻》获2007年花神奖，《第一滴血》获2021年勒诺多奖。2015年当选比利时法语语言文学皇家学院院士。其作品片段被选入法国、比利时、加拿大等国的中学教科书，多部作品被改编为戏剧和电影。

敌人的美容术

美容术,那男子用掌心捋了捋头发。要想按部就班地面见受害者,必须衣冠楚楚。

杰洛姆·安古斯特早已焦躁不安。就在这时,女播音员的声音响了起来,通知说,由于机械故障,飞机无限期推迟起飞。

"真是倒霉透了!"他在心里骂了一句。

他讨厌机场,想到要在这个候机大厅里等待,而且不知道要等多长时间,顿时气不打一处来。他气呼呼地从包里拿出一本书,埋头读起来。

"您好,先生!"有人彬彬有礼地对他说。

他甚至懒得抬头，只是出于礼貌，才机械地应了一声。

那男子在他身边坐下来。

"飞机晚点，真让人心烦，是吗？"

"嗯。"他轻轻地应了一声。

"起码也应该让人知道要等多久，这样人家才好安排嘛！"

杰洛姆·安古斯特点点头。

"书好看吗？"陌生人又问。

"难道，"杰洛姆想，"非得还要来个人缠着我跟我唠叨，让我烦上加烦吗？"

"嗯，嗯。"他应了两声，好像在说："让我清静一会儿吧！"

"您运气不错，天赋异禀。我在公共场所可看不进去书。"

"所以，他就来纠缠看得进去书的人了。"安古斯特暗暗地叹了一口气。

敌人的美容术

"我讨厌机场,"("我也讨厌机场,越来越讨厌。"杰洛姆想。)那男子又说,"傻瓜才以为能在这里遇到游客。多么浪漫的错误!您知道在这里能遇到什么样的人吗?"

"纠缠者?"杰洛姆吱了一声,假装继续看书。

"不,"对方并不同意他的观点,"是作商务旅行的人。商务旅行根本不能算是旅行,所以不能叫旅行。那种活动应该叫'公务出差'。您不觉得这样说更准确吗?"

"我就是在'公务出差'。"安古斯特强调说,心想,这下,这个陌生人一定会因自己的唐突而道歉。

"没必要说出来,先生。这看得出来。"

"这家伙还是个不懂礼貌的人。"杰洛姆很生气。

既然这家伙不讲礼貌,他想他也用不着讲礼

貌了。

"先生，您好像听不懂我的话，那我就不跟您说话了。"

"为什么？"陌生人精神抖擞地问。

"我在看书。"

"不，您没在看书，先生。"

"您说什么？"

"您没在看书。也许您自以为在看书，但真正在看书的人不是这样的。"

"好了，您听着，我不想就看书这个问题听您发表高论。您惹我生气了。即使不看书，我也不想跟您说话。"

"一个人是否在看书，一眼就能看出来。看书的人——真正意义上的看书人——不会在这个地方。而您却在这里，先生。"

"我快烦死了！尤其是您来了以后。"

"是的，生活中充满了这种小烦恼，它们使

生活变得不可理喻。并非只有形而上学问题才能揭露存在的荒谬性，生活中的小烦恼也同样能够做到。"

"先生，您的哲学理论一钱不值，您可以……"

"请别这么无礼。"

"您本人就很无礼。"

"泰克塞尔。泰克斯托·泰克塞尔。"

"您在说什么？"

"您要承认，一个人，如果您知道他的名字，跟他交谈起来要方便得多。"

"可我已经对您说了，我不想跟您说话！"

"为什么要这么咄咄逼人，杰洛姆·安古斯特先生？"

"您是怎么知道我的名字的？"

"这不写在您旅行箱的标签上吗？上面还有您的地址呢！"

安古斯特叹了一口气：

"好了,您究竟想干什么?"

"不想干什么,只是想说话。"

"我讨厌想说话的人。"

"太遗憾了。但您难以禁止我说话,因为没有一条法律禁止人说话。"

被纠缠的人站起来,坐到半米开外的地方。白搭——纠缠者也跟了过去,坐在他身边。杰洛姆又走开了,在两个旅客之间的一个空位子上坐下来,以为这样就能躲开了,但这似乎并没有难倒跟着他的人,这个人站在他对面,又发起了进攻:

"您在工作中遇到麻烦了?"

"您想当着众人的面跟我说话?"

"那又怎样?"

安古斯特又站起来,回到自己原先的座位上——被一个讨厌鬼羞辱,最好还是不要被别人看见。

"您在工作中遇到麻烦了?"泰克塞尔又问。

"别问了,我不会回答的。"

"为什么?"

"我不能不让您说话,因为每个人都有权说话;但您不能强迫我回答,因为每个人都有权不回答。"

"但您还是回答我了。"

"这是为了之后不再说话。"

"那我跟您谈谈我自己。"

"我早就知道。"

"正如我跟您说过的那样,我叫泰克塞尔。泰克斯托·泰克塞尔。"

"真悲哀。"

"您这样说是因为我的名字太古怪吗?"

"我这样说是因为我遇到了您,先生。"

"不过,我的名字也不那么怪。泰克塞尔是一个很平常的姓,它说明我的祖先是荷兰人。①泰克塞尔,听起来很悦耳。您觉得怎么样?"

"不怎么样。"

"但泰克斯托就不那么常见了。不过,这个名字一看就很高贵。您知道吗,这是歌德众多名字中的一个。"

"可怜的歌德。"

"不,泰克斯托并没那么差。"

"让人痛苦的是与您有共同之处,哪怕仅仅是一个名字。"

"人们以为泰克斯托这个名字很糟,其实,如果您好好想想,您就会发现它跟'文章'这个词没有太大的区别②。'文章'这个词是无可指摘的。您知道泰克斯托这个名字的词源吗?"

---

① 泰克塞尔(Texel)也是荷兰北部一个岛屿的名字,该岛屿名在中文中通常译作泰瑟尔岛。
② 法语中"文章"(texte)一词与"泰克斯托"(Textor)相近。

"惩罚？处罚？"

"您是不是正为什么事情而自责？"该男子露出一副古怪的笑容，问道。

"绝对没有。总是责备无辜者，这是不公道的。"

"不管怎样，您说的词源不着边际。泰克斯托这个词来自'文章'。"

"这与我毫不相干。"

"文章这个词来自拉丁语texere，这个拉丁语动词的意思是'编织'。好像文章是由词语编织而成似的。挺有趣的，不是吗？"

"这么说，您的名字的意思是'织布工'？"

"我倒觉得是这个词的另一个意思，它更加高贵——编纂者，也就是编织文章的人。遗憾的是我有这么一个名字却没有成为作家。"

"是很遗憾，否则您就会去污染纸张而不是啰里啰唆去纠缠一个陌生人。"

"不管怎么说，这是一个很漂亮的名字。其实，问题在于我的姓和名之间的连接。必须承认，泰克斯托·泰克塞尔念起来并不好听。"

"对您来说恰如其分。"

"泰克斯托·泰克塞尔，"这个男人强调连发"x"和"t"这两个字母的音有多困难，然后接着说，"我在想，父母为什么要给我取这个名字。"

"您应该去问他们。"

"我四岁时父母就去世了，给我留下这一神秘的身份，好像是我必须破译的一个谜。"

"您自己破译吧！"

"泰克斯托·泰克塞尔……时间一长，人们也就习惯这复杂的发音了，不觉得有什么不和谐。再说，这个奇特的名字在发音上也有一些美的东西：泰克斯托·泰克塞尔，泰克斯托·泰克塞尔，泰克斯托……"

敌人的美容术

"您打算一直这样说下去吗?"

"总之,正如语言学家居斯塔夫·纪尧姆①所说的那样:'悦耳的东西就是愉悦灵魂的东西。'"

"应该怎么对付您这种人?躲到厕所里?"

"这没用,亲爱的先生。我们现在是在机场里,机场的厕所是不隔音的。我会陪您去厕所,在隔间外面继续说。"

"您为什么要这样做?"

"因为我想这样。我总是想做什么就做什么。"

"我倒想抽您的嘴巴。"

"您办不到,那是违法的。我活着的乐趣,就是在不触犯法律的前提下损人利己。如果受害者无法自卫,这种损害就更加有趣。"

---

① 居斯塔夫·纪尧姆(Gustave Guillaume, 1883—1960),法国语言学家,心理机械论的开创者,主要著作有《时态与动词——体、语式和时态的理论》《古典语言中时态的构造体系》等。

"您就没有更高的人生理想了?"

"没有。"

"我可有。"

"不可能。"

"您怎么知道?"

"您是个商人。您的理想是用金钱来计算的,格局小。"

"我至少不妨碍任何人。"

"您肯定会妨碍别人。"

"即便如此,您又是什么人,到这里来指责我。"

"我是泰克塞尔。泰克斯托·泰克塞尔。"

"您早就说过了。"

"我是荷兰人。"

敌人的美容术

"机场里的荷兰人。飞翔的荷兰人①多的是。"

"飞翔的荷兰人?一个毛头小伙子,一个浪漫的傻子,只会纠缠女人。"

"可您正在纠缠男人。"

"我会纠缠任何一个吸引我的人。安古斯特先生,您很有吸引力。您长得不像商人。不管您愿不愿意,您身上有些可开发的潜质。这一点打动了我。"

"别做梦了,我乃已婚人士。"

"随您怎么想。然而,您所生活的这个世界无法杀死活在您身上的那个年轻人,他站在通往宇宙的门口,充满了好奇。您急于知道我的秘密。"

"你们这种人总以为别人都对你们感兴趣。"

---

① 飞翔的荷兰人(Hollandais volant),传说中一艘永远无法返乡、注定在海上漂泊的幽灵船,与它相遇预示着噩运的降临。其形象经常出现在西方文艺作品中,人们也常用它来调侃荷兰人。

"糟糕的是,我们是对的。"

"好吧,那就给我解解闷吧。这毕竟能打发时间。"

杰洛姆合上书,抱着双臂,看着这个纠缠他的人,就像看人演讲。

"我叫泰克塞尔。泰克斯托·泰克塞尔。"

"您在唱副歌呢?"

"我是荷兰人。"

"您以为我这么健忘吗?"

"如果您老打断我的话,我们就无法继续了。"

"我不知道自己是否想跟您继续下去。"

"但愿您能知道!您了解我之后会更尊重我。我只需跟您说一些我生活中的琐事就能说服您。比如说,我小时候杀过人。"

"您说什么?"

"我那时才八岁。我班上有个同学叫弗兰克,他很可爱,很乖,很帅,很爱笑。他的成绩虽然不是全班第一，但分数总是很高，尤其是体操，体操成绩好的孩子总是更容易讨人喜欢。大家都喜欢他。"

"当然，除了您。"

"我不能忍受他。我必须说明白，我身体虚弱，体操全班倒数第一，而且，我没有朋友。"

"瞧！"安古斯特笑了，"那时就众叛亲离了。"

"我并不是没有努力。我试图让别人喜欢我，我装出和气、有趣的样子，但没有达到目的。"

"无济于事。"

"但我对弗兰克只会更仇恨。那时，我还相信上帝。一个星期天的晚上，我开始在床上祈祷。邪恶的祈祷：祈祷上帝杀死我所仇恨的那个小男孩。我花了好几个小时，使劲祈求上帝。"

"我猜到结果了。"

"第二天上午，老师走进教室时，一副伤心的样子。她眼里含着泪水,向我们宣布说,弗兰克昨晚死了。他得了一种奇怪的心脏病。"

"无疑,您以为自己是罪魁祸首。"

"我是罪魁祸首。一个健康的小男孩,没有我使坏怎么会得心脏病呢?"

"如果有那么容易,地球上的人就死得差不多了。"

"班上的同学都哭了。他们心里也许重复着'死去的总是最优秀的人'之类中规中矩的套话。可我,我却想:'当然啦,如果不是为了清除我们当中最优秀的人,我才不会花那么大的劲去祈祷呢!'"

"于是,您就以为自己能直接跟上帝沟通了?您可真不知天高地厚。"

"我首先产生了一种自豪感:我成功了。弗兰克终于不再妨碍我的生活了。但是,我后来慢慢地意识到,这个孩子的死并没有使我讨人喜欢。

事实上，我那低下的地位一点儿都没有改变。我还是一只没人喜欢的丑小鸭。我原先还以为他的死能让我取代他。天大的错误！人们忘记了弗兰克，但我没有取代他。"

"不奇怪。您并没有这么大的本领。"

"慢慢地，我开始感到内疚。如果大家因此而喜欢我，我就不会为自己的罪行而后悔了，这种想法很奇怪。但我确信自己杀了弗兰克却没有得到任何好处，于是感到自责。"

"后来，您便在机场里拦住能拦住的人，用您的忏悔去纠缠他们。"

"等等，没那么简单。我感到羞愧，但还没到痛苦的程度。"

"也许——尽管您不愿意承认——您还足以清醒，明白您与他的死毫无关系？"

"您弄错了。我从未否认自己在这场谋杀案中犯下的罪行。我的罪行是绝对的，但我的良心却因缺乏这方面的教导而无动于衷。您也知道,大人会教孩子向女士们问好,教他们不要抠鼻孔,却不会教他们不要杀小同学。如果我偷了货架上的糖果,我会比杀小同学后更内疚。"

"您既然已经失去了信仰,怎么还会相信是自己杀死了弗兰克?"

"没有什么东西比信仰产生的精神力量更强大了。上帝存不存在又有什么关系。当初我相信他,我的祈祷便强大到足以消灭一个生命。现在我不再相信他,这种力量就消失了。"

"这么说,幸亏您不再相信上帝。"

"是的。这就使得我的下一场谋杀要难多了。"

"啊!还是系列谋杀?"

"重要的只有第一次杀人。这涉及杀人案中的罪恶感问题:杀人不是简单的相加,在杀人犯眼中,杀一百个人的罪恶感不比杀一个人更重。

所以，既然杀了一个人，为什么不再杀一百个人呢？"

"确实如此。为什么要限制人生的这些小小乐趣呢？"

"我看您并不把我的话当真。您在嘲笑我。"

"鉴于您所谓的'杀人'，我不觉得自己面对的是一个罪大恶极的杀人犯。"

"您说得对。我不是罪大恶极的杀人犯，我是一个微不足道的小杀人犯。"

"我喜欢这种清醒。"

"别忘了，我只杀了两个人。"

"这个数字有些微不足道。先生，应该更有出息一点。"

"我同意您的观点。我生来是要干大事的，但罪恶感不让我成为我希望成为的伟人。"

"罪恶感？我还以为您没有任何悔恨之意呢。"

"就弗兰克谋杀案来说，是这样。我后来才产生罪恶感。"

"第二次杀人的时候?那次又是怎么杀的?靠念咒?"

"您不应该嘲笑我。不,我是在失去信仰的时候成为罪人的。但我不知道跟我说话的是不是一个信徒。"

"不是,我家里从来没有出过信徒。"

"真滑稽,您谈论信仰就像谈论血友病一样。我父母什么都不相信,但这并不妨碍我有信仰。"

"但您最后还是变得跟您父母一样:您不再有信仰。"

"是的,但那是由一场意外造成的。一场本来可以避免的精神上的意外,它决定了我此生的基调。"

"您听起来像是头上挨了一记闷棍。"

"有点像。我那时十二岁半,住在祖父家。祖父家里有三只猫,我负责喂猫。我得打开鱼罐头,压碎里面的东西,拌上饭。我对这活儿深恶痛绝,罐头鱼的味道及其样子让我想吐。而且,我不仅得用叉子把鱼肉弄碎,还要把它们跟饭一起拌紧实喽,否则,猫是不会吃的。于是,我得用双手搅拌。我闭上眼睛,可这又有什么用?每当我把手伸进煮得烂烂的饭里和碎肉当中时,每当我搅拌这些让我恶心不已、又黏又稠的东西时,我总感觉自己快晕过去了。"

"您现在说的这些,我都能听懂。"

"这活我干了几年。后来,一件意想不到的事情发生了:那时我十二岁半,我竟睁开眼睛,看了一眼我正在搅拌的猫粮;我恶心极了,使劲忍着才没有吐出来;这时,不知为什么,我捧起一把猫粮,放进嘴里吃了下去。"

"噗。"

"啊,不!恰恰相反!我觉得自己从来没有吃过这么好吃的东西。我是个瘦弱的孩子,对食物非常挑剔,每次吃东西都要强迫,而这次,我竟然吃了猫吃的黏糊糊的东西。我对自己的所作所为惊慌失措,便大吃起来,一把一把地吃掉了那团黏糊糊的碎鱼。三只猫怔怔地看着我把它们的口粮全都搬到了我的肚子里。我比它们更恐慌:我发现我与它们之间没有任何区别。我清楚地感觉到,不是我想吃,而是有一种强大的崇高的力量在强迫我吃。所以我把盆子里浆糊一样的碎鱼吃得精光,一点儿都没剩。那天晚上,三只猫不得不饿肚子了,成了目睹我堕落的证人。"

"这个故事真有趣。"

"这是一个残酷的故事,它使我失去了信仰。"

"这太奇怪了。我不是信徒,我不明白为什么爱猫粮就会怀疑上帝的存在。"

"不,先生,我不喜欢猫粮!是我内在的一个敌人强迫我吃的!这个敌人在这之前一直沉默着,现在它表现出了比上帝强大一千倍的力量,以至于让我失去了信念,不是不再相信上帝的存在,而是不再相信上帝的能力。"

"这么说,您一直相信上帝是存在的?"

"是的,因为我不停地侮辱他。"

"为什么要侮辱他?"

"为了强迫他还击。但没有用,他仍然萎靡不振,无耻地任我咒骂,就是凡人也不会像他那样软弱。上帝是个软蛋,您不觉得吗?我刚才还骂了他,可他仍然沉默。"

"您想要他怎样?用雷电把您劈死?"

"您把他与宙斯弄混了,先生。"

"好吧,您是希望他给您降下一团蝗虫,或者让红海的水在您面前干涸?"

"是这样。您尽管嘲笑吧。要知道,上帝无能,人内在的敌人却极其强大,发现这一点并不容易。人们以前还以为头顶有个良君,现在却发现自己的体内寄居着一个恶君。"

"这么说，吃猫粮不是什么大问题？"

"您也吃过？"

"没有。"

"那您怎么知道？吃猫粮可难受了，首先是因为很不好吃，其次是吃完后会恨自己。您会照着镜子，心想：'这小子吃光了猫粮。'然后您就会明白，自己正受一种隐秘而可恶的力量摆布，而它正在您腹中疯狂大笑。"

"魔鬼？"

"您愿意怎么叫就怎么叫。"

"我才不在乎呢！我不信上帝，所以也不信魔鬼。"

"我信敌人。上帝存在的证据无力且空洞，证明他力量强大的证据则更加贫乏。而证明内在有敌人，证据很充分；证明其力量强大，证据更是多得惊人。我之所以相信内在存在敌人，是因为我日日夜夜都在路上碰到他。这个敌人从内在摧毁值得摧毁的东西。他向您表明，任何现实的东西都会衰亡；他把您和您的朋友们见不得人的丑事暴露在光天化日之下；他将在一个好端端的日子里，给您找到一个遭受折磨的绝妙理由；他让您讨厌自己；当您瞥见一个陌生女人的漂亮脸蛋时，他将让您发现被这种惊艳所掩盖着的死亡。"

"要是您在机场的候机大厅里看书，有个人偏要滔滔不绝地跟您说话，打断您看书，这么说来，他也是敌人喽？"

"是的，对您来说，他是敌人。也许，离开了您他就不存在了。您看见他坐在您身边，但他可能在您身上，在您头脑中，在您的肚子里，正在阻止您阅读。"

"不，先生，我的内在没有敌人。我眼下是有个敌人，真真切切，那就是您，而您在我的身外。"

"您喜欢这样想就这样想吧！但我知道他在我身上，把我变成了一个罪人。"

"您犯了什么罪？"

"没能阻止他掌权。"

"您来纠缠我，仅仅是因为三十年前您吃了一些猫粮？您真是有病，先生。有些医生专门给您这样的人看病。"

"我不是来让您治病的，而是来让您得病的。"

"您这样做很愉快吗？"

"欣喜若狂。"

"一定要落到我头上吗？"

"老兄，怪您运气不好。"

"很高兴，您至少承认了这一点。"

"但我敢肯定您不会后悔，生活中有些事儿虽然不幸，却有益健康。"

"讨厌鬼们竟如此执着地给自己找理由，这真让人吃惊。这就是鲁迅所说的蚊子的嗡嗡：被蚊子叮咬已经够痛苦了，还要忍受它在您耳边嗡嗡地叫。可以肯定，它在跟您说着这样的话：'我叮您是为了您好。'可要叮也要安静地叮呀！"

"确实与蚊子很相像。我会把您咬得全身是包，然后抛下您，让您自个儿痒去吧！"

"所以您要抛下我？这对我而言是一句饱含希望的话语。我能不能知道您打算什么时候离开？"

"当我完成了对您的布道时。"

"您要对我进行布道？可我对救世主并不感冒。先生，我不需要您的任何说教。"

"没错，您只需要我让您生病。"

"从什么时候开始一个好端端的人需要生病？"

"首先，您并不是一个健康的人。您清楚地知道您身上有些东西不正常，所以，您需要生病。

帕斯卡[①]写过一篇文章，题目精彩极了：《就疾病的真正好处求教上帝的祈祷》。因为生病真的有一种好处，所以必须生病。我在这里正是来恩赐您疾病的。"

"太客气了。把这个礼物留给您自己吧，我是个忘恩负义的人。"

"您知道，没有我，您就没有任何可能治好您的病，因为'没有病就谈不上治疗'，这是一个颠扑不破的真理。"

"您究竟要我治什么病？"

"您为什么要自欺欺人？杰洛姆·安古斯特，您病得很重。"

"您怎么知道？"

"我什么都知道。"

"您是做地下工作的？"

[①] 布莱瑟·帕斯卡（Blaise Pascal, 1623—1662），法国哲学家、数学家、物理学家，著有《思想录》等。

"比地下工作还要秘密。"

"您究竟是谁?"

"我叫泰克塞尔。泰克斯托·泰克塞尔。"

"啊,天哪,又来了。"

"我是荷兰人。"

杰洛姆·安古斯特用双手捂住耳朵,只能听到脑袋里的嗡嗡声,遥远而模糊,就像地铁站里没有地铁通过时人们所感觉到的那种隆隆声,让人非常难受。此时,那个缠人的家伙继续不停地动着嘴唇。"这家伙真蠢,"杰洛姆想,"他知道我听不见他说话,却依然不停地说。他有多语症。他为什么要这样微笑,好像他是胜利者似的。我才是胜利者呢!因为我再也听不到他说话了。笑的应该是我。然而,我没有笑,他却在继续笑。为什么?"

时间一分钟一分钟地过去了。安古斯特很快地明白泰克塞尔为什么笑了:他的胳膊开始发酸，起初他还没有意识到，后来就难以忍受了。杰洛姆从来没有这么长时间地捂过耳朵，不知道胳膊会是这样酸痛，而折磨他的那个人却清楚地知道被他折磨的人胳膊肯定会慢慢地抽筋的。

"我不是第一个被他的花言巧语欺骗了几个小时的人，也不是第一个面对这双喜悦的眼睛用双手捂住耳朵的人。他之所以笑，是因为他习惯了：他知道我坚持不了多久。垃圾！世界上确实有些歹人！"

几分钟后，他觉得自己的肩膀好像要脱臼了：他太疼了，于是痛苦地垂下双臂，如释重负，一脸苦相。

"这就对了。"那荷兰人只说了这么一句。

"受您迫害的人最后总是这样？"

"即便您是第一个，我也早知道结果。您听说过耶稣被钉死在十字架上的故事吗？知道为什么钉在十字架上会很痛苦、会死去吗？是由于双手和双腿都被钉上了无害的钉子?不,是因为双臂悬空。人与树懒之类的哺乳动物不同,天生不能长期保持这种姿势:如果他举起胳膊的时间过长,他就会因此而死去。是的,我有些夸张了。应该说,当人举起胳膊的时间过长,他有可能会喘不过气来。所以,您不会死,但会觉得痛苦。您看,您逃不出我的手心。世界上没有任何事情是偶然的。您知道我为什么要进攻您的听觉吗?不仅因为这是合法的,更因为耳朵是最缺乏自我保护能力的感官。眼睛有眼皮自卫。要想闻不到某种味道,只需捏鼻子,这个动作一点儿都不会让人感到痛苦,哪怕是长时间捏住鼻子。如果不喜欢吃东西,可以禁食或节制进食。至于触觉,我们有法律:如果有人强行触碰您,您可以报警。人类只有一个弱点:耳朵。"

"不对,我们有耳塞。"

"是的,有耳塞:这是人类最杰出的发明。不过,您的旅行包里没有耳塞吧?"

"机场里有商店,我马上去买。"

"可怜的朋友,您应该知道,就在接近您之前,我已经把机场里的耳塞全买了。我刚才跟您说过,没有任何事情是偶然的!您想不想知道刚才您用双手捂着耳朵的时候,我都对您说了些什么?"

"不想。"

"这没关系。尽管您不想听,我还是要告诉您。我刚才在跟您说,人体是一个堡垒,五官是门。听觉的大门看守得最松,这是您失败的原因。"

"一场敌方并没有胜利的失败。说实话,我不知道您赢了什么。"

"我赢了。别这么着急,我们有的是时间。飞机的延误没有尽头。没有我,您还会继续装模作样地读您的破书。我有很多事情要告诉您。"

"自称杀死了小同学,吃猫粮……您以为这类扯淡能让谁感兴趣吗?"

"讲故事总要从头开始,不是吗?我十二岁半的时候,由于吃了猫粮,失去了信仰,得到了一个敌人——我自己。或者更确切地说,我们所有人身上都有这样一个陌生的敌人,他寄居在我们阴暗的内脏里。我的世界就是他的化身。在这之前,我是一个脸色苍白、又瘦又弱的孤儿,和祖父母平静地住在一起。在这之后,我受尽折磨,苦恼不堪,开始像疯子一样吃东西。"

"一直吃猫粮?"

"不仅仅是吃猫粮,也吃我祖父母的食物。只要有什么食物让我恶心,我就扑上前去,狼吞虎咽。"

"在荷兰,有些食物很难吃。"

"是的,所以我吃得很多。"

"但您没有发胖。"

敌人的美容术

"忧虑让我耗去了一切。我从年轻时代起就一直这样——发现了自己的罪恶,从此一直背负着这个包袱。"

"为什么会有罪恶感?"

"您觉得因罪恶感而生病的人需要什么理由吗?猫粮催生了我身体里面的敌人,但敌人也能在别的机缘下诞生。当您注定要成为一个罪人,您就没必要非得在自己身上找出什么东西来怪罪。罪恶会想尽办法挤进来。这是宿命。詹森派①,这又是荷兰的一项发明。"

"是的,就像花生酱和其他可怕的东西一样。"

"我喜欢花生酱。"

---

① 詹森派(jansénisme),十七世纪天主教中的一个派别,主要根据荷兰神学家詹森的著作《奥古斯丁书》发展而成,以波尔-罗瓦雅尔修道院为活动中心。该教派坚持奥古斯丁的"恩宠论",认为神恩是不可抗拒的,断言任何不服从上帝的旨意离了神恩都是不可能的,主张极端的宿命论,并要求教徒严格守教规。教徒中的代表人物有布莱瑟·帕斯卡等。

"我一点儿都不感到奇怪。"

"我尤其喜欢詹森派。如此不公正的教派怎能不让我喜欢?说到底,此种理论就像爱情一样,能激起真正的暴行。"

"我似乎正在机场里受一个詹森派教徒的侮辱。"

"谁知道呢?也许,这也是宿命吧。您活到现在的唯一目的也许就是为了遇到我,这也不是不可能。"

"绝不可能,我发誓。"

"您以为自己是谁,话说得这么绝对?"

"我在一生中遇到过比这重要得多的事。"

"比如?"

"我不想跟您谈论这些东西。"

"您错了。杰洛姆·安古斯特,您得明白一个基本原则——要我住口,只有一个合法的办法,那就是说话。别忘了,这有可能把您拯救出来。"

"把我从什么地方拯救出来?"

"您会知道的。跟我谈谈您的太太,先生。"

"您怎么知道我已经结婚?我可没有戴结婚戒指。"

"您刚刚告诉我的。跟我谈谈您的太太吧!"

"不可能。"

"为什么?"

"我一点儿都不想跟您谈论她。"

"我由此得出结论:您不再爱她。"

"我爱她!"

"不,如果您爱一个人,您会滔滔不绝地谈论她。"

"您怎么知道?我敢肯定您谁都不爱。"

"我爱。"

"那好,您就滔滔不绝地谈论您爱的人吧。"

"我爱上了一个出色的女人。"

"如果是这样,您还在这里干什么?您不待在她身边,这是不可饶恕的。您本可以和她待在一起,但您却不惜浪费时间纠缠陌生人。"

"她不爱我。"

"您本可以引诱她,但您却不惜浪费时间纠缠陌生人。"

"我已经试过了!"

"继续试。"

"没用。"

"胆小鬼!"

"我知道得太清楚了,这无济于事。"

"您敢说您爱她?"

"她死了。"

"啊?"

杰洛姆唰的一下变了脸色,不再说话。

"我认识她的时候,她还活着。我之所以要强调这一点,是因为有的男人只能爱已经死去的女人。爱一个生前从未见过的女人,这太容易了。可是我,我爱她是因为她活着。她比别人更生机勃勃。即使是在今天,她也比别人更富有生机。"

沉默。

"别露出这副沮丧的样子,杰洛姆·安古斯特。"

"您说得对。您太太死了,这没什么大不了的。"

"我从来没说过那是我太太。"

"那就更没有理由把它看得太可悲了。"

"您觉得它可笑喽?"

"您得弄清楚,刚才是您要我别装出一副沮丧的样子的。"

"请您理解我的话中话。"

"我再也不说话了。"

"随您的便。二十年前,我遇到了那个女人。

那时我才二十岁,她和我同龄。这是第一次有姑娘能吸引我。以前,我心里只有罪恶感,只围着自己转,痛苦、自我分析、吃些可怕的东西,看它对我的身体会产生什么作用。外部世界对我的影响越来越小。我祖父母都去世了,给我留下几个钱,不足以当富翁,但够我舒舒服服地过几年。我离人类越来越远。我整天埋头读帕斯卡的书,寻找恶心得难以形容的食物。"

"那三只猫呢?"

"死了,没有留下后代。我花了几个月的时间清理祖父母留给我喂那三只猫的鱼罐头。当壁柜被清空时,当我最终厌倦了荷兰时,我就去游天下了。我在巴黎安顿了下来,住在离波尔-罗瓦雅尔地铁站不远的地方。"

"法国的食物对您来说够糟吧?"

"是的,巴黎人吃得很差,正合我的口味。也是在巴黎,我遇到了宇宙中最漂亮的女孩。"

"这就变俗了。让我来猜一猜:是在卢森堡公园①里遇到的?"

"不,是在公墓里。"

"拉雪兹神甫公墓?也挺俗的。"

"啊,不!是在蒙马特公墓。在死人当中发现了她,我觉得非常有意义。"

"我不熟悉那个公墓。"

"那是巴黎最漂亮的公墓,当然,比拉雪兹神甫公墓更荒凉。其中有座坟墓最令我心动。我忘了是谁的坟墓,只见盖棺石上俯卧着一尊少女雕像,脸朝下,永远看不到她的面孔,只能分辨出她半裸的身姿,羞答答的。她的背很美,脚娇小玲珑,脖子光滑,一身青灰色铜锈,平添了几分死亡的气息。"

"阴森可怕。"

---

① 卢森堡公园(jardin du Luxembourg),巴黎市中心的一个公园。

"不,是可爱迷人。而且,我第一次看见它时,那里有个活生生的女人在凝视它,这个女人的身姿跟它一模一样。从背后看去,可以说就是同一个人,仿佛是一个少女马上就要死了,到自己未来的墓前来凝视自己的雕像。于是,我走近她,问她那个雕像是不是她。她马上就不高兴了。"

"她当然会不高兴。"

"为什么?"

"我也一样,您一开口就让我感到不高兴。而且,这句话问得很没水平。"

"为什么?那个披着青灰色铜锈的少女可迷人了。"

"是的,但那是座坟墓上的雕像。"

"那又怎样?死亡一点儿也不肮脏。不过,那个活着的年轻女人似乎觉得我很冒失,不愿理睬我。此时,我已经看见她的脸。从此以后,我再也平静不下来。世界上没有什么比人的脸,或者比某些人的脸更难以理解的了:表情与目光的组合突然成了唯一的现实。这是宇宙中最大的谜,人们如饥似渴地看着它,好像上面刻着天意。不用我向您细说,因为这根本就无济于事。如果我跟您说她的头发是栗色的,眼睛是蓝色的——虽然事实正是如此——那么您就被误导,引入歧途了。在小说中,最令人恼火的就是对女主人公的描写,好像那是必不可少的似的,任何色彩都不放过,好像这能改变什么似的。其实,假使她是金发褐眼,也不会有什么不同。描写如此美丽的脸就像用语言去描写奏鸣曲或大合唱中无法描写的东西一样,不但徒劳,而且愚蠢。不过,奏鸣曲或大合唱也许能表现她的脸。谁遇到这种神秘的事情谁倒霉,因为他们无法再对任何别的事情感兴趣。"

"这一次,我明白了您的意思。"

"但我们之间的默契被破坏了,因为您肯定体会不到一个人遭到其命中之脸的拒绝是什么滋味。您有所谓的帅气的相貌。您从未遭遇以下的情形:眼前就有水,干净甘甜,伸嘴可及,它是干渴难忍的您的救命稻草,可您就是无权饮用。您刚刚穿越沙漠,水却拒绝了您,不让您喝,理由是您不合它的口味。多么荒唐的理由,好像水有权拒绝您似的!真无耻!您喝它,而不是它喝您,不是吗?"

"这是强奸犯的逻辑。"

"嚯,您说得可真对呢。"

"什么?"

"我一开始就告诉过您,我总是想做什么就做什么,二十年前就这样。"

"在墓地里?"

"使您感到震惊的是地点还是行为?"

"都震惊。"

"我这辈子第一次渴望一个人,我不应该错过机会。然则,吾不欲奸淫之。"

"用这种语气谈论强奸,坏上加坏。"

"您说得对。我很高兴强奸了她。"

"我请求您改变讲话的方式而不是改变话中的意思。"

"不改变话中的意思就不能改变讲话的方式。不过,说实话,我确实一点儿都不后悔。"

"您由于吃了猫粮而产生了罪恶感,而强奸反倒一点儿也没有使您感到内疚?"

"没有。因为强奸是件好事,与吃猫粮不同。蒙马特公墓里到处都是坟墓,它们像是微型的哥特式教堂,有门,有中厅,有耳堂,有后殿,能轻易地容纳四个大胖子。而我们只有两个人,我不胖,她瘦得像根杆子。我用力把她拖到其中的一个墓穴里,用手捂住她的嘴巴。"

"您在那里强奸了她?"

"不,我把她拖到那里是为了把她藏起来。当时可能是下午五点,我只需等到公墓关门。我一直在想,关门时间到了以后会怎样;要是我不得不在公墓里被关上一整夜,那该怎么办。现在,我当然知道了。当时,我默默地把那未来的受害者抱了一个多小时。她挣扎着,但力气不够,我发现她害怕了,不禁心花怒放。"

"我能不能不听这些话?"

"老兄,您无法逃脱,她也一样。我们听到了公墓看守的声音,他们在催促迟迟不走的参观者离开。很快就没有声音了,除了死人的呼吸声。于是,我松开了捂着她嘴巴的手,对她说,现在可以喊了,因为喊也没有用,谁也听不见。她是一个聪明的女孩,所以也就没有出声。"

"是的。一个聪明的女孩,一个乖乖地让人强奸的女孩。"

"啊,不,她试图逃跑。因为她跑得很快,我在坟墓间绕来绕去追她。我喜欢这样。最后,我终于抓住了她,把她按倒在地。我发现她害怕得发抖,这让我非常兴奋。那是在十月,夜里已经很冷了。我把她按在落叶上。我是童男,她可不是处女。空气清新,我的受害者拼命挣扎,那时候真是妙不可言。我的受害者无可挑剔。我太喜欢这样了,这种回忆真让人心旷神怡。"

"我为什么要听您说这些?"

"黎明时分,我又把她藏在一个'微型教堂'中。我等待看门人打开公墓的大门,等待有人来到小路上。然后,我对那个女孩说:'我们一起出去。'我还警告她,如果她敢发出哪怕一丁点儿的声音来向第三者求救,我就揍扁她的脸。"

"您真是处心积虑。"

"我和她手拉手离开了公墓。她木然地走着,就像个死人。"

"卑鄙的恋尸者。"

"不,我没有弄死她。"

"您真是个好人。"

"当我们来到墓地外面的拉歇尔路时,我问她叫什么名字。她向我脸上啐了一口。我对她说,我太爱她了,我把这口唾沫看作奖给我的荣誉勋章。"

"您真浪漫。"

"我拿了她的钱包,但她没有任何身份证件。我对她说,出来散步不带证件是违法的。她建议我把她扭送到警察局去。"

"她倒不乏幽默。"

"我却看穿了她的诡计。"

"真的?您真聪明!"

"您在讽刺我。"

"您这样认为?我可不敢。"

"我问她我可以把她送到哪里,她回答说哪儿都不用送。这女孩很怪,不是吗?"

"是的,这个受害者竟然拒绝与强奸她的人共情,真是奇怪呢。"

"不管怎样,她应该看得出来我爱她!"

"您已经用一种如此温柔的方法向她证明了这一点。"

"她一有机会就逃。这一次,我没能抓住她。她消失在城市里,我再也找不到她了。"

"太遗憾了。一个如此美丽的故事,开头是那么美好。"

"爱情和幸福让我欣喜若狂。"

"您有什么理由这么高兴?"

"我终于完成了一个壮举。"

"一个壮举?可耻的强奸,哦,是的。"

"我没有让您发表意见。"

"那您究竟要我干什么?"

"听我说话。"

"不是有心理医生吗?他们专干这事儿。"

"我干吗要去找心理医生？机场里到处都是无所事事、随时准备听我说话的人。"

"那我还是听一听吧，总比当聋子好。"

"我到处找这个女孩。起初，我在蒙马特公墓找，希望她会再来。但她没有再来。"

"真是奇怪呢，这个受害者一点儿都不急于回访她的受害地。"

"仿佛那里给她留下了痛苦的记忆一样。"

"此话当真？"

"是的。"

"您一定病得不轻，竟然以为她会喜欢那里。"

"强奸就是在献殷勤。它可以证明自己能为对方行不法之事。"

"法律。您只是嘴里说说而已。您觉得，当您在做那个的时候，这可怜的女孩会想到法律？您应该被人强奸一回，之后才会明白。"

"我很乐意。可惜,好像谁都不愿意强奸我。"

"我一点儿都不感到奇怪。"

"我就那么丑?"

"没丑到那种地步,问题不在这里。"

"那问题在哪里?"

"您知道您是怎么接近人的吗?您只会用暴力。您第一次爱上了一个女孩,您就把她强奸了。当您想跟某人说话,比如说跟我,您就强行跟我说话。可以说,您也在强奸我,当然,方式没那么卑鄙,但这仍然是强奸。您从来没有考虑过跟别人平等地建立人际关系吗?"

"没有。"

"啊!"

"别人同意不同意,对我又有什么好处呢?"

"有很多好处。"

"请说得具体点儿。"

"您试一试就知道了。"

"太晚了。我四十岁了，无论在友谊方面，还是在爱情方面，我都不再讨人喜欢。我甚至连熟人都没有，没有人会对我产生一丝的好感。"

"努一努力，让自己变得有魅力一点儿。"

"我为什么要努力？我对现状很满意。我喜欢强奸，我很喜欢强迫您听我说话。人要是想那般努力，就得不满足自己的命运。"

"您对受害者的感受难道无动于衷？"

"那不关我的事。"

"您没有同理心，这正是我所担心的。这是小时候没有得到过爱的人的典型表现。"

"您看，您落在了我手里，我为什么还要去看心理医生？"

"我说的都只是最基本的道理。"

"但你说得很对，我想我父母并不爱我。我四岁时他们就死了，我想不起他们来，他们是自杀身亡的。我觉得一个人如果爱自己的孩子，就不会自杀。可我的父母肩并肩吊死在客厅的梁上。"

"他们为什么要杀死自己？"

"没有任何解释。他们连只言片语都没有留下，我的祖父母也始终没有明白。"

"也许我应该同情您，然而，我不想这样做。"

"您说得对，没有理由同情我。"

"强奸犯只能引起我的厌恶。"

"我只强奸了一次，这就足以让我成为强奸犯吗？"

"不然呢？必须害够一定数量的人才能获得这个称号？这跟杀人犯是同一个道理：杀一个人就足以成为杀人犯。"

"语言真是有趣。在我采取行动的前一秒，我是人；一秒钟后，我就成了杀人犯。"

"您觉得这很滑稽？您让我感到恶心。"

"至少我是一个非常忠诚的强奸犯。我没有再强奸,也没有碰过第二个女人,那是我一生中唯一的性关系。"

"这对那个受害者来说毫无意义。"

"这就是您要说的一切?"

"像您这样精神不正常的人没有性生活,我一点儿都不感到奇怪。"

"您不觉得这种禁欲很浪漫吗?"

"您是人们所能想象到的最不浪漫的人。"

"我不同意这种观点,不过这不重要。还是回到刚才的故事上来吧!我终于不再去蒙马特公墓了,我知道这是那个女孩最不愿意去的地方。于是,我开始在巴黎长时间地流浪,寻找越来越使我难以忘怀的那个女孩。我用各种办法走遍全城,一个区一个区,一个片一个片,一条街一条街,一个地铁站一个地铁站地走。"

"大海捞针。"

敌人的美容术

"几年过去了。我一直靠遗产度日,除了吃住以外,我没有任何开销。我不需要任何娱乐,我不是睡觉就是在巴黎游荡。"

"您不怕警察吗?"

"不怕,我想,我的受害者没有报警。"

"她这可犯了大错!"

"多么反常的现象:被搜寻的不是罪犯,而是受害者。"

"您为什么要找她?"

"因为爱情。"

"某些人所谓的爱情真让人作呕。"

"请注意:只有经历过同等的冒险,才有权对这种爱情作出评论。"

"很遗憾,我没有经历过。"

"太好了。十年前,也就是强奸十年以后,我在巴黎二十区闲逛,嘴里咬着一个刚出炉的热狗——这时,您猜我在梅尼尔蒙唐大道看见了什么?我看见了她!是她,毫无疑问。我在无数女性当中认出了她。性暴力能密切人与人之间的关系。十年过去了,但这只能使她更漂亮、更可爱、更迷人。我追上前去。嘴里塞着一根涂满芥末的热香肠,却找到了遍寻十年无踪影的情人,您说还有什么比这更倒霉的事吗?我一边大口吞着香肠,一边追她。"

"应该吐掉香肠。"

"您疯了。显然,您不了解梅尼尔蒙唐大道的热狗——那可不能吐。如果把它吐掉了,我会怪罪我日思夜想的人的,我的爱会变得没那么纯洁。我会不由自主地恨她使我吐掉了口中的香肠。"

"别再谈这些玄奥的东西了。"

"只有我能相对真诚地把这类事情说出口。"

"太好了,说下去。"

"瞧,您对我的故事感兴趣了!我知道您迟早会上钩的，猜猜我爱的人去干什么了？"

"她也去买热狗？"

"不！卖热狗的小食店刚好在她所去的拉雪兹神甫公墓对面。我早就应该料到的：因为我使她对蒙马特公墓产生了厌恶，她得另找一个公墓。强奸并没有让她失去对公墓的爱好，那是一种高雅的爱好。蒙马特公墓太丑了，所以，她选择了拉雪兹神甫公墓。那个公墓如果不是充斥着那么多的活人，也许会显得更加崇高。"

"这使强奸变得难多了。"

"啊，是的。如果在公墓里都不能满足自己的冲动，那还能到哪里去满足呢？"

"那就没地儿了，正直而高贵的先生。"

"于是，我在坟墓之间跟踪她，这使我想起了往事。她走向一个高坡，我很欣赏她的步态，她像动物一样警觉。吃完热狗后，我追上了她。当时，我的心跳得飞快。我对她说：'您好！您还认得出我吗？'她彬彬有礼地表示歉意，说认不出来了。"

"她怎么会认不出您来呢？十年中您变化那么大吗？"

"我不知道。我很少照镜子，但她的态度简直让人难以置信。一个人对强奸犯记得最清楚的是什么？不一定是脸。我含情脉脉地望着她的脸，当时一定显得非常彬彬有礼。她对我露出了微笑。多么甜蜜的微笑啊！我的心都醉了。她问我我们在哪儿见过面。我让她猜。她说：'我常和丈夫一起出去，我无法记住我遇到的每个人的面孔。'"

"这么说她已经结婚了。"

"于是，我们聊了起来。她优雅地克服了自己的羞怯心理。滑稽的是我一直不知道她的名字，但我还是没有问她，而她却在猜我的身份。她最后说：'我猜不出来。'"

"您是怎么回答那个可怜的少女的?"

"泰克斯托·泰克塞尔。"

"我本应该料到的。"

"她又表示了歉意:'我记不起这个名字。'我补充说我是荷兰人。她彬彬有礼地听我说话,一副可爱迷人的样子。"

"她有权知道一切,不是吗?吃猫粮、杀死班上的小同学、詹森派……一切都不应该瞒着这个可怜的女孩。"

"对。因为这时候发生了一个奇迹,她似乎想起来了:'是的,泰克斯托·泰克塞尔先生。那是在阿姆斯特丹,在一家饭店里。我陪丈夫去参加商务午餐。'想到她丈夫常参加商务午餐,我有点儿不高兴,但我没有放过取得她信任的机会,这机会可是千载难逢。"

"她竟然会忘记伤害她的人,我觉得这有点儿让人难以置信。"

"等等。她询问我太太的近况。那是某个名叫利埃芙的女人。在三四年前的那场大型午餐会上，她们谈得很投机。我顺口回答说她很好，她后来一直跟我住在巴黎。"

"您的这个故事真滑稽。"

"于是，她邀请我和我太太次日下午去她家喝茶。您能想象得到吗？竟然被受害者邀请到家里去喝茶！我冒失地接受了。此事好的一面是她告诉了我她的地址，虽然我还不知道她的名字。"

"您去了吗？"

"去了。当天晚上，我一夜未眠。与她重逢让我感到一种难以名状的幸福，我甚至都没有为自己感到担心。而且，我希望她寓所门口有她的名字——通常都会有——以便最后弄清她的身份。可是，第二天，我并没有在门铃边看见她的名字。她打开门，起初脸上充满欢笑，但马上就阴沉下来：'您没有带利埃芙一起来！'我对她说，我太太病了。她让我在客厅里坐下，转身去沏茶。我当时想，她没有女仆，这正合我意，这样我就可以单独和她待在家里了。"

"您还想再强奸她吗？"

"好事情不能老重复做个没完，否则最后只能落个空。我的意思是说，如果她主动建议和我……"

"无论如何，这不会是强奸了。"

"完全符合逻辑。可是，我非常短暂的经验给了我这么一种直觉：如果对方同意与您做爱，这种性游戏将索然无味。"

"您像是在做学术报告。"

"请您替我设身处地地想一想。我只吻过一次，这还是强奸时吻的。我从性关系中只体验到暴力。把暴力从性关系中去掉，那性还剩下些什么？"

"爱情，喜悦，快感……"

"是的，一些甜蜜的东西。我喜欢吃墨西哥红辣椒，您却建议我吃米糕。"

"啊，我什么都没建议！"

"她也同样，什么都没向我建议。"

"这不挺好？"

"确实。美丽而迷人的受害者在她漂亮的客厅里请伤害她的人喝茶，这真有喜剧性！'想加点茶吗，泰克塞尔先生？''叫我泰克斯托。'可惜，她没领会我的意图，没有把自己的名字也告诉我。'您喜欢巴黎吗？'我们彬彬有礼地交谈着，我尽情地欣赏着她的脸。"

"难以置信。她竟然没有认出您来。"

"等等。这时，她说了些什么有趣的事，我笑了，笑得喘不过气儿来。她突然变了脸色，双目圆睁，盯着我的双手，好像认出了这双手。由此可以推断，我的笑一定很有特点。"

"由此也可以推断，您强奸她的时候也一定在笑。这太过分了。"

"幸福到了极点,是的。她冷冰冰地对我说:'是您。'我说:'是的,是我。很欣慰,您没有忘记我。'她仇恨而厌恶地久久盯着我,沉默了好久,然后说:'是的,的确是您。'我说:'十年来,我奔走于各公墓之间,一直没有停止对您的思念。我把这十年的时间都用来寻找您了。'她说:'这十年来,我把所有的时间都用来把您从我的记忆中抹去了。'我说:'您没能做到。'她说:'我成功地忘掉了您的脸,但您卑鄙的笑又勾起了我的回忆。我从来没有向任何人提起过您,也没有提起过那件事,以便能更好地把您忘记。我结了婚,试图过上正常的生活,远离您给我带来的痛苦。为什么就在我的伤口刚刚痊愈之际,您又出现在我的生活中?'"

"是的,这是为什么?"

"我说:'是因为爱情。'她感到很恶心。"

"我能理解她。"

"我说：'我爱您。除了您，我没有碰过别的女人，甚至不想碰。我一生中只做过一次爱，那就是和您做的那次。'她说那不叫做爱。我说：'我一直在心里默默地跟您说话，从来没有停止过。我最后能得到回答吗？'她说不能。她命令我离开。当然，我没有服从。我说：'您放心，我不会再强奸您。'她说：'事实上，您不可能再强奸我。我们不是在公墓里，而是在我家里。我有刀，我会毫不犹豫地动刀的。'我说：'正好，我正是为此而来。'"

"您说什么？"

"她的反应跟您一样。我说：'我想重新见到您有两个理由：第一，为了最终知道您的名字；第二，为了让您对我进行报复。'她说：'这两个目的您一个都达不到。出去！'我说，得不到我应该得到的东西，我绝不出去。她说，她不欠我任何东西。我说:'您就不想报仇吗?'她说:'但愿您厄运缠身,但我不想介入。我希望您永远从我的生活中消失。'我说:'杀了我,这会使您好受一点儿吗?正是为了让您能杀死我,我才没有从您的生活中消失!'她说:'这对我没有任何好处。杀了您,我会惹上官司,那就更难把您从我的生活中抹去了。'"

"她为什么没有报警?"

"我不会让她报警的。而且,她似乎也不想报警。她有十年的时间报警,但她没有报。"

"为什么?"

"她不愿向任何人提起那次强奸,而是想把它从记忆中抹去。"

"她不得不承认自己错了,因为强奸犯找到了她。"

"而我呢,我不想得到这种打了折扣的公道。我想得到实打实的公道,也就是说让她亲手杀死我。"

"您希望她杀死您?"

"是的。我需要这样。"

"您是个十足的疯子。"

"我并不觉得。对我来说,疯子指的是行为无法解释的人,而我却能向您解释我所有的行为。"

"您很特别。"

"对我来说这就够了。"

"如果您这么需要以死来作为补偿,您为什么不自杀?"

"您怎么会说出这样莫名其妙的话来?天真。首先,我不需要死,而是需要被人杀死。"

"这是同一回事儿。"

"下次,您想做爱时,别人应该对您说:'您自己手淫吧!这是同一回事儿!'再说,您怎么知道我想赎罪?这会让人以为我后悔强奸了她,而那是我一生中最值得做的一件事。"

"如果没有任何内疚,您为什么希望她杀死您?"

"我希望她也能得到快乐。我希望得到所有情人都想得到的东西——相互性。"

"如果是这样,让她强奸您更符合逻辑。"

"没错,但不要强人所难,我不能希望有这等好事。让她杀死我,这就是一种替代。"

"仿佛性与谋杀之间有什么相似之处似的。这真可笑!"

"然而,这却是为一些非常著名的学者所肯定的。"

"最糟的是,您即使在精神错乱时也一副自命不凡的样子。"

"不管怎样,我们都是在浪费口舌,因为她不愿杀我。我并不是不够执着。我找出一百个理由来说服她,都被拒绝了。最后,我问她,是不是她的宗教信仰不允许她对我进行报复。她说她没有任何宗教信仰。我说：'如果您没有宗教信仰，您就可以想干什么就干什么！'她说：'我想干的不是杀死您。我只希望您蹲一辈子监狱，不能再伤害别人，希望您的狱友折磨您。'我说：'您为什么不亲自折磨我呢？为什么要把自己的愿望托付给别人？'她说：'我天生不喜暴力。'我说：'我很失望。'她说：'使您失望，我很高兴。'"

"您老是说'我说''她说''我说''她说'……把我的脑袋都搞晕了。"

"在《创世记》中，亚当偷吃了禁果后，上帝前来盘问，那个胆小鬼就是这样讲述他太太的所作所为的：'我说……她说……'可怜的夏娃！"

"这次，我们总算达成了一致。"

"我们达成了的一致比您想象的要多得多。我说：'既然如此，您有什么建议？'她说：'您永远从我眼前消失。'我说：'我们不能这样分手！'她说：'我们可以这样分手，而且应该这样。'我说：'这不可能。我太爱您了，不能这样分手。我需要发生点儿什么事。'她说：'我才不在乎您需要什么！'我说：'您不应该这样说，这不友好。'她笑了。"

"这里面有名堂！"

"我说：'您真让我失望！'她说：'您倒不乏风度。您不单强奸我，还想让我符合您的期待？'我说：'如果我帮您杀死我呢？您看，我很乐于合作。'她说：'我一点儿都看不出来。现在，您可以走了。'我说：'您刚才提到有刀。刀在哪儿？'她没有回答。我走到厨房里，找到了一把刀。"

"她为什么没有试着逃跑？"

"我一手牢牢地抓住她，另一只手把刀塞到她手中。我把刀刃对着自己的肚子，说：'来吧!'她说:'不行,这样您就太幸福了。'我说:'别为了我,要为了您自己。'她说:'我再跟您重复一遍,我不想这样干。'我说:'那就违心地干吧,为了让我高兴。'她冷笑一声,说:'宁死也不让您高兴!'我说:'小心,我会让您说话算话。'她说:'您这个疯子,我才不怕您呢!'我说:'这把刀该用一用了,您不觉得吗?应该流血。您可明白?'她说:'什么事儿都不应该发生。'我说:'应该发生!'说着,我从她手中取回那把刀。她明白了,但为时已晚。她试图挣脱,但无济于事。她并不强壮,我把刀插进她的肚子。她没有叫喊。我说:'我爱您。我只想知道您的名字。'她倒在地上,咧着嘴强笑着,说:'您用这种办法来打听别人姓名,这太奇特了。'这个奄奄一息的女人非常有教养。我说:'快说!'她说:'宁死不说。'这是她最后的话。我发怒了,使劲刺她的腹部。

我还是白费劲儿,她赢了。直到她死,我也不知道她的名字。"

沉默了一会儿。杰洛姆·安古斯特似乎头上挨了一记闷棍。泰克斯托·泰克塞尔接着说:

"我带着刀离开了。我违心地犯下了这桩完美的罪行:没有一个人看见我到这里来,除了我的受害者。我应该没有留下足以让警方抓住我的痕迹,证据是,我后来一直是自由的。第二天,我终于在报纸上找到了问题的答案。人们在我已经熟悉的那个公寓里发现了一个名叫伊莎贝尔的女人的尸体。伊莎贝尔!我欣喜若狂。"

又是一阵沉默。

"那个女人,我比任何人都熟悉她。我强奸了她,这已经很了不起了;我又杀了她,这是了解一个人的最好办法。但我还缺少七巧板中最重要的一块——她的名字。这种缺憾,我难以忍受。十年来,我就像一个读者,被一部名著迷住,那本重要的书将赋予他生命的意义,而他却一直不知道书名。"

沉默。

"现在,我发现了这部可爱作品的书名——她的名字。多美的名字啊!我承认,这些年来,我一直担心忧虑,生怕我心爱的女人名叫桑德拉、莫妮克、雷蒙德或辛迪。幸亏,真是万幸,她有一个让人喜欢的名字,富有音乐感,可爱、亲切,清澈得像泉水。'有名字,这已经了不起了。'不幸的吕克·迪埃特里克①曾这样说。仅知道爱人的名字就有很多东西可以爱了。我知道她的名字,了解她的性器官和她的死亡。"

"您把这叫作了解某个人?"安古斯特问,声音里充满了仇恨。

---

① 吕克·迪埃特里克(Luc Dietrich,1913—1944),法国作家,著有《忧伤者的幸福》《城市里的学艺生涯》等,其作品散发着一种奇异而单纯、梦幻般的忏悔声。

"我甚至把这叫作爱某个人。没有任何人比伊莎贝尔被爱、被了解得更深。"

"但不是被您。"

"如果不是被我,又是被谁?"

"您这个疯子,难道您没有想到,认识一个人,就是和他生活在一起,和他说话,和他睡觉,而不是毁灭他吗?"

"好了,好了,我们讲起豪言壮语来了。您接下去会说:'爱,就是目标一致向前看。'"

"住口!"

"您怎么了,杰洛姆·安古斯特?您生气了!"

"您知道得很清楚。"

"别假正经。偷着乐吧,我还没有跟您讲述杀人的细节呢。该死的,没有杀过人的人都神经过敏!"

"您知道1989年3月24日是圣周五①吗?"

"我还以为您并不信教呢!"

"我不信教,您信教。我想这个日期您不是随便选择的。"

"我向您保证,是随便选择的。世界上就有这种巧合。"

"我敢肯定,做了这种事的家伙一定有不可告人的目的。我不知道我为什么没有跳起来掐死您。"

"您为什么这么关心一个十年前死去的陌生女人的命运?"

"别再演戏了。您跟踪我多久了?"

"别自作多情!好像我真的跟着您似的!"

"起初,您试图让我相信,您缠住某个人是想给自己解闷。"

---

① 圣周五(vendredi saint),基督教纪念耶稣受难的节日,日期为每年复活节前的周五。

敌人的美容术

"是这样。"

"好吧!您缠的总是被您杀了太太的人?"

"什么?您是伊莎贝尔的丈夫?"

"好像您不知道似的。"

"这太巧了!"

"够了!十年前,您杀死了我一生中最亲爱的人,然后又想方设法摧残我,不仅跟我讲述这桩谋杀,而且还告诉我二十年前我一无所知的那次强奸。"

"男人是多么自私啊!如果好好地观察伊莎贝尔,您就会发现她对您隐瞒了些什么。"

"我发现她有些颓丧,但她不愿意说。"

"这正中您的下怀。"

"您无权对我进行道德说教。"

"在这一点上您弄错了。我至少是勇敢的。"

"啊,是的,强奸、杀人,多么勇敢的行为,而且是针对一个羸弱的年轻女人。"

"而您呢,您知道我强奸并且杀死了伊莎贝尔——但您没有作出任何反应。"

"您要我作出什么反应?"

"几分钟前,您还说要扑过来掐死我。"

"您希望这样吗?"

"是。"

"我是不会让您得到这种乐趣的。我要报警。"

"懦夫!伊莎贝尔真可怜!您配不上她。"

"她更不应该与被强奸、被杀害的命运相配。"

"我至少能自己的事情自己做,而您呢,您只会报警,只会间接地报仇!"

"我尊重伊莎贝尔的选择。"

"胆小鬼!伊莎贝尔有权不惩罚我,因为她是受害者,而您就没有这种自由。只有受害者本人才能饶恕别人。"

"这绝不是饶恕您,而是让自己免遭牢狱之灾。"

"瞧，多么美丽的词句，背后却隐藏着怯懦！"

"您已经破坏了我的生活，我不能再因您而在监狱里结束一生。"

"算计得何等精明！不冒任何风险，从不涉足危险境地。伊莎贝尔，您嫁给了一个热烈地爱着您的男人！"

"我反对死刑。"

"可怜的胆小鬼！别人在跟他谈论爱情，他却好像在参加社会辩论。"

"反对死刑需要巨大的勇气，比您想象的要大得多。"

"傻瓜，谁跟您谈死刑了？我想您一定反对强奸，但如果您看到满满的一箱黄金，您不会傻到不去拿的程度。抓住机会，傻瓜！"

"这没有任何可比之处，杀死您并不能让我太太复活。"

"但可以满足您内心巨大的需要,让您感到解脱!"

"不。"

"您血管里流的是什么?药水?"

"先生,我无需向您证明什么。我要报警。"

"您认为您报警回来后我还会在这里吗?"

"我早就把您的体貌特征看得清清楚楚,我会详细地描述给警察听。"

"就算他们把我抓住了,在您看来,会有什么样的结果?控告我,您唯一的证据是我讲给您听的故事。但除了您,谁也没有听到。我可不会向警方重复。总之,您没有任何证据。"

"有十年前留下的痕迹。"

"您清楚地知道我没有留下任何痕迹。"

"您在犯罪现场肯定会留下什么东西,一根头发,一根睫毛。"

"十年前还没有DNA检测。老兄,别再固

执了。我不愿被警察抓住,我不会遇到任何危险。"

"这我就不懂了。您似乎需要得到一种惩罚:为什么不是正式的、合法的惩罚呢?"

"我不相信那种公道。"

"可惜,世界上没有别的公道了。"

"当然有,还有一种。您把我拖到厕所,结束我的小命。"

"为什么要在厕所里?"

"您似乎不想被警察抓住。那就别让人看见,偷偷杀死我。"

"如果在厕所里发现了您的尸体,就会有许多证人,因为已经有许多人看见我们谈了很长时间的话。您接近我的方式并不低调。"

"我高兴地发现,您开始考虑事情的可能性了。"

"这是为了更好地告诉您,您的计划是徒

劳的。"

"您忘了一个大大有利于您完成任务的细节，那就是我不会进行任何反抗。"

"尽管如此，我还是有一件事弄不明白：您为什么要我除掉您？您能从中得到什么好处？"

"几分钟前您说过，我需要一种惩罚。"

"这我就不明白了。"

"没有什么要明白的。"

"这不太寻常。世界上无数罪犯都试着逃脱惩罚，我觉得这样的态度更合乎逻辑。"

"这是因为他们没有罪恶感。"

"您刚才还说，强奸我太太以后，您一点儿都不感到内疚。"

"一点儿没错，因为这使我感到快乐。但我不想杀死她，因此有种难以忍受的罪恶感。"

"这么说，如果您在杀她的时候感到快乐，您就不会感到内疚？"

"正是这样。"

"老兄,那就是您的问题了。凡事需三思而行。"

"我事先怎么能够知道杀死她不会给我带来快乐?要知道梨子的滋味,还是得亲口尝尝。"

"您好像在谈论食物似的。"

"各人口味不同,我根据快乐的大小来判断行为的好坏。肉欲享受是人生的至高目标,用不着为它找寻任何理由。没有快乐的罪行是没有价值的作恶,是卑鄙的伤害,没有任何理由能为之辩护。"

"您知道受害者是怎么想的吗?"

"您听说过麦克斯·施蒂纳①的《唯一者及其所有物》吗?"

"没有。"

---

① 麦克斯·施蒂纳(Max Stirner, 1806—1856),德国利己主义哲学家,个人无政府主义先驱。

"我丝毫不感到惊奇。那是一个利己主义理论家。别人只为我的快乐而存在。"

"好极了。这样想的人,应该被关起来。"

"'真正的道德是嘲笑道德的。'这是帕斯卡说的。詹森派万岁!"

"您这个人,最糟的是能为自己可悲而残酷的行为找到充满智慧的借口。"

"既然我那么可恨,那就杀死我吧!"

"我不愿意。"

"您怎么知道您不愿意?您又没有试过。也许您很喜欢杀人呢!"

"您的道德观绝不会成为我的道德观。您是一个大疯子。"

"动不动就把自己不理解的人叫作疯子,这是一种怪癖!它反映了您思想层面的懒惰!"

"一个由于犯罪而需要我把他杀死的家伙,肯定是个疯子。您之前说过,疯子指的是行为无法解释的人。您要求得到惩罚,此番行为是无法解释的——它与您完全、彻底的自私本质格格不入。"

"这可不一定。我从来没有被人杀过。那也许是件很愉快的事。我们不应该对没有体验过的东西抱有偏见。"

"想象一下,说不定很难受呢?那可是无法补救的。"

"即使很难受,那也是眨眼之间的事,然后……"

"对,然后怎样?"

"然后还是那个道理:我从来没有死过。也许很舒服呢!"

"如果很痛苦呢?"

"老兄,无论如何,我总有一天会死的。您

敌人的美容术

看，这跟帕斯卡的赌注^①一样精妙。我可以赢得一切，却不会失去任何东西。"

"生命呢？"

"我已经体验过，它被大大地夸大了。"

"那怎么解释有那么多人热爱生命？"

"那些人在世界上有朋友和爱情，而我没有。"

"为什么您要我这个对您恨之入骨的人帮您这个忙？"

"为了满足您复仇的愿望。"

"您打错算盘了。如果您杀死她两天后就来找我，我也许会把您撕了。十年后才来，您应该能

---

① 帕斯卡的赌注（pari de Pascal），布莱瑟·帕斯卡的一项哲学论证，带有反动的剥削阶级色彩。该论证荒谬地认为，虽然理性不能确认上帝是否存在，但是理性的人应当将赌注下在上帝存在这边，因为这可以帮助他趋利避害，其理由是：如果上帝不存在，对下注者而言没有任何损失；如果上帝存在，那么下注者还能升入天堂，未下注于此的人则可能堕入地狱。

想得到，我的仇恨也许已经冷却。"

"如果事发两天后就来，警察仍有可能找到我。我很乐意间隔十年，尤其是因为强奸和凶杀之间也间隔十年。我是一个对周年纪念日比较敏感的罪犯。您能告诉我今天是几月几日吗？"

"今天是……3月24日！"

"难道您没有想到这一点？"

"我每天都在想，先生，不仅仅是在每年的3月24日。"

"我在强奸日10月4日和凶杀日3月24日当中作选择。我想，您我之间肯定不会发生强奸这样的事。"

"我深感欣慰。"

"而凶杀则很有可能发生。当然，我更愿意这三个日子是同一天：那就太好了！10月4日或3月24日，间隔十年！可惜啊，生活并不像我们所希望的那样。"

"可怜的怪人。"

"您刚才说,十年中,您的仇恨已经冷却了。放心吧,我会把它重新燃起来的。"

"无济于事。我不会杀您。"

"咱们走着瞧。"

"一切都是明摆着的。"

"软蛋!"

"您生气了,嗯?"

"您总不能让这样的滔天罪行不受追究吧?"

"谁说是您干的?您病得不轻,竟能编出这样的故事来。"

"您怀疑我?"

"非常怀疑,您没有任何证据证明您所讲述的事情。"

"这太过分了!我可以向您详细描述伊莎贝尔的样子。"

"这说明不了任何问题。"

"我可以告诉您关于她的最秘密的细节。"

"那只能说明您熟悉她,而不能证明您强奸并且杀死了她。"

"我可以证明是我杀死了她。我非常准确地知道您发现她的尸体时她是什么姿势,刀又插在什么地方。"

"您可以从凶手嘴里得到这些细节。"

"您会把我逼疯的!"

"您已经疯了。"

"我为什么要把我没有犯的罪行揽到自己身上呢?"

"要知道,这对您这种疯子来说是正常的。您想得到被我杀死的快乐。"

"别忘了,是我的罪恶感让我觉得有必要被您杀死。"

"如果这是真的,您就不会那样吹牛了。懊悔是第二次犯错。"

"您在引用斯宾诺莎①的话!"

"先生,有文学修养的并不止您一个人。"

"我不喜欢斯宾诺莎!"

"这很正常。我非常喜欢他。"

"我命令您杀死我!"

"不喜欢斯宾诺莎不足以成为让我杀死您的理由。"

"我强奸并且杀死了您的太太。"

"您对机场里每一个被您纠缠的人都这样说吗?"

"您是第一个,也是唯一的一个,只有您知道此事。"

"太荣幸了,可惜,我根本不信:您这一套玩得太溜了,不可能是第一次。您让人觉得是纠缠

---

① 巴鲁赫·斯宾诺莎(Baruch Spinoza, 1632—1677),荷兰哲学家,唯物主义唯理论的主要代表之一,著有《神学政治学论》《伦理学》等。

人的老手。"

"您没有发现您是被精挑细选出来的吗?像我这样的詹森派教徒是不会让一个太太没有被我强奸并且杀害的人杀死的。"

"您想用如此古怪的理由说服谁?"

"您太怯懦了!您试图让自己相信我不是凶手,否则不得不杀死我!"

"很遗憾,只要您没有真正的物证,我就没有任何理由相信您。"

"我知道您想干什么!您希望得到物证,然后报警。因为,没有这一证据,您就无法指控我。很抱歉,可怜的胆小鬼,没有任何物证。到了警察局里,只有您的话作为证据。正义要么由您亲自来伸张,要么不伸张。永远记住这句话吧!"

"报复一个自称是杀人犯的疯子是没有道理的。您也说过您杀死了班上的小同学,但事实上您只不过是希望他倒霉。我知道像您这样的杀人犯是怎么回事。"

"您依然认为杀人的凶器是凶手塞给我的吗？事实本来很简单，您为什么要把它想得那么复杂呢？"

"我在机场候机，得知飞机晚点。一个家伙在我身边坐下，开始跟我啰唆。说了一些让人厌倦的秘密之后，他绕来绕去告诉我二十年前他强奸了我太太，十年前又杀死了她。您觉得我会轻信这些话吗？"

"确实。不过，您的说法很不准确。"

"什么？"

"您是什么时候知道3月24日要到巴塞罗那出差的？"

"这跟您没有关系。"

"您不愿说？那我就说了。两个月前，您的上司接到从巴塞罗那打来的一个电话，告诉他有许多桩大买卖，3月24日还有一个全体大会。您现在

敌人的美容术

可以猜到那个加泰罗尼亚①人的身份了。您我都是加泰罗尼亚人。他是从巴黎家中打的电话。"

"我的上司叫什么名字?"

"让-帕斯卡·莫尼埃。您还不相信我?"

"这只能证明您是个惹人厌的人,这我早已知道。"

"惹人厌却能干,不是吗?"

"不如说是惹人厌却消息灵通。"

"是能干,我坚持这么说——可别忘了飞机晚点一事哦。"

"什么?那也是您干的?"

"傻瓜,现在您才明白?"

"您是怎么做到的?"

"跟对付您的上司的手法一样——一个电话而已。我从机场的电话亭里打电话说飞机里有

---

① 加泰罗尼亚(Catalogne),西班牙东北部地区名,巴塞罗那为该地区中心城市。

炸弹。现如今,一个恶作剧电话不知能坏多少事儿!"

"您知道吗,我可以因此向警方告发您?"

"我知道。但即使他们相信了您,我也无非是被罚一大笔钱而已。"

"一笔巨款,先生。"

"我付钱脱身,这足以让您报太太被杀被奸之仇吗?"

"您这个垃圾,想得倒挺周密。"

"我很高兴地看到您又改变主意,回归正轨了。"

"慢!飞机晚点,对您有什么好处?"

"您能不能动动脑筋?您清楚地知道,这场谈话只能在机场的候机大厅里进行。我需要一个把您拖住的地方,您要搭那班飞机,但无法离开!"

"现在,我已知道那是个谎言。所以,我可以离开了。"

"现在,您可以知道那是个谎言,但不可以让那个破坏了您的生活的人溜走。"

"为什么您要花这么长的时间来告诉我这个?为什么您要瞎编猫粮的故事而不是单刀直入,开门见山:'我就是杀害您太太的凶手'?"

"那可不行。我是个极端讲究形式的人,按照詹森派戒律严苛的美容术①行事。"

"化妆品和这又有什么关系?"

"您有所不知,美容术其实是关于宇宙普遍秩序的科学,是支配世界的最高道德。美容师弄走了这个精妙的词,那可不是我的错。如果我一见到您就告诉您说,您是被选中之人,那就有违美容术原理。必须搞得您头昏脑涨,让您自己体会

---

① 法语中"美容术"(cosmétique)一词在词源上可追溯至古希腊语词汇κόσμος,即秩序、规范、宇宙、世界(因古希腊人以理性秩序为美而引申出"美"的含义)。

到这一点。"

"干脆说要把我烦死得了!"

"这不假。要让被选中之人完成其使命,必须触动他的神经。要让他冲动起来,进行真正的反抗——以愤怒,而非大脑。我觉得您还是太有脑子了一点。您要知道,我要找的说话对象是您的外皮。"

"您办不到,我不像您希望的那样好骗。"

"我已经向您指出了必由之路,告诉您命中注定要接受美容术,您却仍然以为我试图欺骗您。您知道,我是个罪人。并非所有的罪犯都会产生罪恶感。可一旦产生了罪恶感,他们便会一心想着它。罪犯将遭到惩罚,就像水将流向大海,受害者必将复仇一样天经地义。杰洛姆·安古斯特,如果您不对我进行报复,您就是一个不完整的人,您就完成不了作为被选中之人的使命,您就无法拥抱您的命运。"

敌人的美容术

"听您这么说,人们还以为,您这样做的唯一目的是想有朝一日受到惩罚呢。"

"有这个意思。"

"这是软弱的表现。"

"有什么样的人就有什么样的罪犯,两者是相配的。"

"您难道就不能狠一点儿,向那些完全泯灭了良心的人学学?他们杀了人后可不会觉得有必要来为自己解释和辩护几个小时。"

"您难道希望您太太被那种推土机式的狠人强奸然后杀死?"

"我希望她既没有被强奸,也没有被杀死。然而如果真要我选择,我宁可要一个真正的狠人来也不要您这样的疯子。"

"我再向您重复一遍,亲爱的杰洛姆·安古斯特,有什么样的人就有什么样的罪犯,两者是相配的。"

"好像我太太应该与这一切相配似的！您说的话真让人恶心！"

"与这一切相配的不是您太太，而是您！"

"这就更让人恶心了！既然如此，人们为什么冲着她而不是冲着我？"

"您说的这个'人们'使我感到非常可笑。"

"您感到可笑？这太过分了！您为什么这样傻笑？您觉得有什么可笑的吗？"

"好了，别激动。"

"我能不激动吗？我再也忍受不了了！"

"那就杀死我吧！把我拖到厕所里，在墙上撞死我，那我就再也不会开口了。"

"我才不会赐予您这种乐趣呢！我要报警，先生。我敢肯定他们会找到办法把您关起来的。十年前还没有DNA检测，但今天已经有了。我敢肯定您会在犯罪现场留下一根头发或是一根睫毛。这就够了。"

"好主意。那就去报警吧!您以为您回来时我还会在这里吗?"

"您跟我一起去。"

"您认为我会跟您一起去吗?"

"我命令您。"

"有意思。您有什么办法强迫我?"

巧得很,就在这时候,来了两个警察。杰洛姆大喊起来:"警察!警察!"那两个警察听到后立即跑过来,机场里的许多闲人也围过来看热闹。

"警察先生,抓住那个人。"安古斯特指着坐在他身边的泰克塞尔,说。

"哪个人?"其中的一个警察问。

"他!"杰洛姆指着正在发笑的泰克斯托,重复道。

两个执法者面面相觑,困惑不解,然后盯着安古斯特,似乎在说:"这傻瓜是怎么回事儿?"

"证件,先生。"其中的一个警察说。

"什么?"杰洛姆生气了,"你们要查我的证件?应该查的是他!"

"证件!"那个警察又威严地说了一遍。

杰洛姆感觉受到了侮辱,但还是拿出了护照。两个警察仔细地检查了他的护照,然后还给他,说:

"这一次就算了,但别再跟我们开玩笑。"

"那他呢,你们不查他?"杰洛姆坚持道。

"坐飞机不用接受酒精测试,算您走运。"

两个警察走了,扔下目瞪口呆、一脸愤怒的杰洛姆。大家都在打量着他,仿佛他是个疯子似的。那个荷兰人笑了。

"这下你明白了吧?"泰克塞尔问。

"您有什么权力用'你'称呼我?①别跟我套

---

① 在法语中,用"您"(vous)相称或表示双方之间有距离,或表示尊重;用"你"(tu)相称或表示亲昵,或表示蔑视。

近乎。"

泰克斯托大笑起来。人们迅速围过来看他们，听他们说话。安古斯特生气了，他站起来，对围观者大喊："有完没完？谁再看我就砸烂谁的脑袋！"

他一定很有威慑力，因为看热闹的人都走开了，坐在附近的人也走远了。没有一个人敢接近他们。

"太棒了，杰洛姆！多么威风！我跟你说了这么久，从来没有见你这样。"

"别对我'你'呀'你'呀的！"

"行了，我们一起经历了这么多事儿，现在你也可以用'你'称呼我了。"

"不可能。"

"我认识你已经这么久了。"

杰洛姆看了看表：

"还不到两小时。"

"我早就认识你。"

安古斯特死死地盯着荷兰人的脸。

"泰克斯托·泰克塞尔是个假名?您是我的同学?"

"你还记得有个和我很像的小同学吗?"

"记不得了,时间太久了。您可能已经大变样了。"

"照你看来,警察为什么不抓我?"

"不知道,您也许在上流社会很出名。"

"为什么人们把你当作疯子?"

"因为警察对我的态度。"

"你显然什么都不知道。"

"有什么我一定要知道的吗?"

"在你身边的这个座位上一个人都没有。"

"您既然自以为是隐形人,又何以解释我能看见您?"

"你是唯一能看见我的人,甚至连我都看不见我自己。"

"我一直不明白，凭什么允许您在这些廉价的斯芬克司之谜①中以'你'来称呼我。我不允许，先生。"

"除非人们再也不能以'你'自称。"

"您这是什么意思？"

"你理解得很清楚。我就是你。"

杰洛姆看着荷兰人，就像看一个疯子。

"我就是你，"泰克斯托又说，"我是你身上的一部分，你不认识它，它却非常熟悉你。我是你身上你不想了解的部分。"

"我不该报警，而应该联系精神病院。"

"该进精神病院的是你自己，真的。我们的谈

---

① 据希腊神话，底比斯的带翼狮身女怪斯芬克司（Sphinx）常令过路行人猜谜，猜不出即杀害之。俄狄浦斯经过时，斯芬克司向他抛出谜面："今有一物，同时只能发出一种声音，但早晨四条腿，中午两条腿，晚上三条腿，此为何物？"俄狄浦斯道破了谜底——"人"，斯芬克司遂自杀。

话一开始,我就大大地救了你一把。我跟你谈起内在的敌人时,曾向你暗示,我也许并不存在于身外,而是你头脑中想象出来的产物。对此,你傲慢地回答说,你没有内在的敌人。我可怜的杰洛姆,你有世界上最危险的内在敌人——我。"

"您不是我,先生,您叫泰克斯托·泰克塞尔,您是荷兰人,您是世界上最讨厌的人。"

"我有你说的这么多优点,为什么还不能成为你?"

"身份、国籍、个人历史、身体特征和思想特征,这一切都使您完全与我不同。"

"老兄,如果你不用这些无关紧要的标签来定义自己,你这个人还是不难相处的。这是人脑的典型特征:你专注于细节,怕的是看见本质。"

"总之,您吃猫粮的故事,您那些神秘兮兮的故事,都离我十万八千里。"

"那当然。你需要创造一个完全不同于你的

我，以便让自己相信不是你——绝不是你——杀了自己的太太。"

"住口!"

"对不起,我再也不能住口了。我已经住口太久了。补充一句,十年来,这种沉默变得越来越难以忍受。"

"我不想再听您说话。"

"然而,是你命令我说的。你在头脑中竖起的那些密封得死死的墙再也经受不住了。它们倒了。你清白了十年,你可以把这看作一种幸运。今天上午,你起床后准备前往巴塞罗那,你看见日历上写着1999年3月24日,你的大脑没有敲响警钟,没有提醒你今天是你杀人的十周年纪念日。然而,你却瞒不过我。"

"我没有强奸我太太。"

"这倒是真的。二十年前,在蒙马特公墓,当你第一次看见她时,你只是'渴望'强奸她。

晚上，你在梦中实现了自己的渴望。我们刚开始谈话时，我就对你说过，我总是想做什么就做什么。我是你身上随心所欲的那一部分，从不对自己吝啬，我让你做了这个梦。没有任何法律禁止人们幻想。不久以后，你在一场晚会上又见到了伊莎贝尔，第一次上前跟她说话。"

"您是怎么知道的？"

"因为我就是你，杰洛姆。和一个被你在梦中强奸过的女人彬彬有礼地谈话，你觉得非常有意思。她喜欢你。你成功地把我藏起来时，女人们都喜欢你。"

"精神错乱的是您。您杀了我太太，然后试图让自己相信我才是凶手，以便为您自己洗刷罪行。"

"如果是那样，我为什么要花几个小时来强调自己有罪？"

"您是个疯子。疯子的行为没有逻辑可言。"

敌人的美容术

"别说我太多的坏话。别忘了我就是你。"

"如果您就是我,您为什么要莫名其妙地把自己说成是荷兰人呢?"

"我最好是个外国人,以便跟你区分开来。这我之前已经说过了。"

"为什么是荷兰人而不是巴塔哥尼亚人①或班图人②?"

"知道什么就说什么呗!巴塔哥尼亚人和班图人可能在你大脑的认知范围以外。"

"为什么您是狂热的詹森派教徒,而我却什么教都不信?"

"这只能说明你身上热衷于宗教狂热的那一部分受到了压抑。"

"啊,别再跟我胡说八道,作什么精神分

---

① 巴塔哥尼亚人(Patagon),阿根廷中、南部潘帕斯草原和巴塔哥尼亚高原的印第安人,身躯魁梧,脚板宽大。
② 班图人(Bantou),非洲最大的族群。

析了!"

"瞧,别人一说你压抑了什么,你就发这么大的脾气。"

"压抑这个词在二十世纪是万能的。"

"它能形容二十世纪的某一类凶手——你。"

"暂且假定您的胡言乱语并没有错,那么这个罪犯一定是可怜、可悲、可笑的。"

"这正是几分钟前我对你说的:有什么样的人就有什么样的罪犯,两者是相配的。很抱歉,我可怜的杰洛姆,你身上没有地方能容纳开膛手杰克①,也没有地方能容纳朗德吕②。你只能容纳我。"

"我身上没有地方能容纳您!"

---

① 开膛手杰克(Jack l'Eventreur),1888年8月7日至11月9日期间在伦敦东区白教堂一带连续以残忍手段杀害多名女性的罪犯的化名。
② 亨利·德西雷·朗德吕(Henri Désiré Landru, 1869—1922),法国连环杀手,曾先后杀死一男十女,并在厨房中焚尸,后被处以绞刑。

"这我知道。很难受,是吗?"

"如果您说的是真的,我岂不成了正在跟海德先生谈话的杰基尔博士①?"

"别吹牛,你比杰基尔博士差多了。所以,你身上的怪物也远远比不上海德这个嗜血成性的畜生。你不是一个偏执的大学者,而是到处可见的小商人当中的一个。你唯一的长处就是你的太太。你鳏居十年,这是你唯一的德行。"

"您为什么要杀死伊莎贝尔?"

"真有意思,刚才你还不肯相信我是凶手,但我把杀人这个烫手的山芋塞给你以后,你就对我确信无疑了,甚至问我为什么要杀死你太太。现在,只要能让别人相信你是清白的,你什么都

---

① 杰基尔博士(Docteur Jekyll)和海德先生(Mister Hyde)是英国小说家罗伯特·路易斯·斯蒂文森的作品《化身博士》中主人公人格的两面。杰基尔博士受困于自身性格的善恶双重性,试图通过药物将两者分离。他利用自己研究出的药剂分离出自己人性中恶的一面,催生出了一个独立的人格——爱德华·海德先生。

会干。"

"回答我：为什么要杀死伊莎贝尔？"

"我不回答提得不对的问题。应该这样问我：'为什么我要杀死自己的太太？'"

"这个问题不存在。"

"你还是不相信我就是你？"

"我永远不信。"

"这种对自我的信仰真是奇怪。'我就是我，除了我还是我，只能是我。我就是我，所以我不是我现在坐的椅子，不是我现在看见的树木。我和世界上的其他人有很大的区别，我仅限于自己的身体和思想。我就是我，所以我不是路过的那位先生，何况那位先生还是杀死我太太的凶手。'奇怪的信条。"

"是很奇怪，一点儿都不错。"

"我在想，像你这种人究竟用思想来做什么。这种随心所欲、能流入每个人体内的思想一定把

敌人的美容术

你烦得够呛。然而,这种思想正来自你的小我。这让人担忧,它威胁着你封闭的隔墙。幸亏大部分人都找到了解决办法:他们不思考。为什么要思考呢?他们让他们认为是专业思考问题的人去思考:哲学家、诗人。更何况他们不用考虑思考的结果,这种办法于是更实用了。所以,三百年前一个杰出的哲学家能说出'自我是可恨的'这一名言,上世纪一个伟大的诗人宣称'我就是他人'。说得太好了,可以用来在沙龙里聊天,而毫不影响我们以此般确信聊以慰藉:我就是我,你就是你,人人都是自己。"

"我不是您,证据是您口若悬河。"

"如果你把内在的敌人的嘴捂得太久,往往会产生这种后果:当他终于能说话时,他再也停不下来了。"

"我不是您,证据是我刚才捂住耳朵的时候就听不到您说话了。"

"在这一方面，你进步很大。要知道在过去的十多年里，你即使没有捂住耳朵也听不到我说话。"

"我不是您，证据是我对詹森派一无所知，也不了解与之类似的东西。您比我有学问得多。"

"不，我是你身上过目不忘的那一部分，这是你我唯一的区别。人有了记性，就会大谈特谈他们之前还觉得完全陌生的东西。"

"我不是您，证据是我讨厌花生酱。"

泰克斯托爆发出一阵大笑。

"老兄啊，作为证据，这可太有用了！"

"可并不妨碍那是真的——我讨厌花生酱。您对此有什么说法？没辙了，是吧？"

"我想告诉你一件事儿：声称讨厌花生酱的那部分你就是在梅尼尔蒙唐大道的热狗店里流口水却从来不敢买热狗来吃的那部分你。"

"您在胡说些什么？"

敌人的美容术

"当某个人去参加商务午餐时,别人会给他端上一些配有小蔬菜的多宝鱼或别的什么惹他爱的东西,而他则会假装不知道身上的那个粗人其实只想吃让他极尽诋毁之能事的恶心东西,比如说花生酱和梅尼尔蒙唐大道的热狗。你常和你太太去拉雪兹神甫公墓,她喜欢参观那些受死人滋养的美丽大树和可爱的少女墓,而你却更多地被对面烧烤香肠的味道所吸引——当然,你宁愿羞得无地自容也不愿承认。但我,我的的确确是你身上对自己真正喜欢的东西一概不拒绝的那一部分。"

"胡说八道!"

"你不应该否认。这次,你隐瞒了一件好事。"

"我什么都没有隐瞒,先生。"

"你爱伊莎贝尔吗?"

"我一直疯狂地爱着她。"

"那你竟然会把杀死她这等好事留给别人?"

"这不是好事。"

"是好事,杀死她的人无疑是最爱她的人。"

"不!是不爱她的人干的!"

"不爱却爱得更深。"

"没有人比我爱她爱得更深。"

"我正是这样跟你说的。"

"让我来猜一猜。您是一个虐待狂,凡是妻子被杀的丈夫,您都有他们的资料。您的爱好就是追踪那些不幸者,让他们相信自己有罪,好像他们痛苦得还不够似的。"

"这样做并不专业,杰洛姆。为了更好地折磨人,应该局限于一个受害者,只选一个人!"

"您至少承认您不是我了。"

"我从来没有说过这话,我是你身上要摧毁你的那个部分。凡是成长的事物,其自毁能力都会随着成长而增强。我就是那种能力。"

"讨厌。"

"那就捂住耳朵吧!"

安古斯特捂住耳朵。

"你发现了吗,这次,捂上耳朵已经不灵了?"

杰洛姆把耳朵捂得更紧。

"别再捂了,而且,这样捂耳朵,你坚持不了多久的。我都跟你说了,你为什么还要把整个手臂举起来呢?人们还以为有人用枪逼着你呢!应该用手掌捂耳朵,胳膊肘顶着胸——用这种姿势才能持久。啊,刚才你要知道这些就好了!我也在寻思,你怎么会不知道?不过,这不重要。"

安古斯特厌恶地垂下手臂。

"你看得很清楚,你就是我。你现在听到的这个声音来自你的头脑内部。你绝对无法逃脱我的言语。"

"没有您的声音我活了几十年,我会找到办法让您闭嘴的。"

"你找不到的,这是不可逆转的。1989年3月24日星期五,下午五时左右,你在干什么?是的,我知道,警察已经问过你这个问题。"

"他们有权问我。"

"对于你,我拥有一切权力。"

"如果您知道警察已经问过我这个问题,您也应该知道答案了。"

"是的,你那时正在工作。警察一定十分信任你,否则他们不会接受你极不充分的不在场证明。你是一个可怜的、崩溃了的、被毁的、多疑的丈夫。"

"您可以把您念想的一切都强加于我,但别想让我承认是我杀了伊莎贝尔。"

"你这个人极其缺乏自尊。曾有两个角色供你选择:要么是无辜的受害者,要么是凶手。但你什么都不选。"

"我什么都不选,我只服从事实。"

"事实?天大的笑话!你敢看着我的眼睛向我保证,在你的记忆中,那天下午你确实在办公室吗?"

"是的,我记得如此。"

"你的问题比我原先以为的要严重得多。"

"那您呢,我该怎么看您?您一会儿一个说法!您自称跟伊莎贝尔进行过长时间的谈话,那是怎么回事儿?"

"你肯定经常幻想跟她谈话。爱一个人时,常常会在头脑里跟所爱的人说话。"

"您跟我讲述了您的过去、您死去的父母、臆想中对小同学的谋杀、吃猫粮……那又是怎么回事儿?"

"你为了让自己相信我是别人,能够随时编造任何故事。"

"这太容易了。用这样的论据,您可以回答任何难以置信的问题。"

"这很正常。我是你身上的邪恶部分。恶魔能百问百答。"

"并不是这样就能说服人。对了,巴塞罗那之旅确实是您设计的吗?"

"不,不,和飞机晚点一样,这都是假的。我没有打电话给你上司,也没有打电话给机场。"

"那您刚才为什么要撒那些谎?"

"为了引诱你。如果你那时就杀了我,我就无法让你发现这些悲惨的事情了。"

"为什么要选择机场?"

"飞机晚点,不得不没完没了地等下去。总之,只有在这个时候你才能真正空闲下来。像你这样的人只有在意想不到和空虚的情况下才有懈可击。加上这个日子特殊,今天是十周年纪念日。今天早上,这信息在你的潜意识中一闪而过,而你已经准备好睁开眼睛了。现在,病毒侵入了你的大脑。已经太晚了。所以,即使你捂住耳朵,你也能听见我说话。"

"那就告诉我发生了什么!"

"现在,你终于着急了!"

"如果是我杀了伊莎贝尔,我至少想知道这是为什么。"

"因为你爱她。每个人都会杀死自己所爱的人。"

"什么?我回到家里,就这样毫无理由地拿起刀子朝我太太的腹部连捅几刀?"

"爱情会毁灭一切,这是唯一的理由。"

"多么富有哲理的句子,但对我来说毫无意义。"

"对你身上的我来说却有意义。不要把脸蒙起来,即使是最多情的男人——尤其是最多情的男人——有朝一日,哪怕只是短暂的一瞬,也会渴望杀死自己的妻子。我就是那一瞬间。大部分人都能掩饰自己身上隐秘的一面,以至于觉得那些东西好像不存在似的。你就更加特别了——你从来没有遇到过你所隐藏的这个杀人犯，也没有遇到过悄悄地吃热狗或梦想夜晚在墓地里实施强奸的人。今天，由于精神上出了意外，你面对面地遇到了他。你的第一反应就是不相信。"

"您没有任何证据能证明您所说的话。我为什么要信您？"

"证据是一种如此粗俗、如此愚蠢的东西，它只会使人产生疑心，而不会让人确信无疑。你对以下这件事又有何看法？1989年3月24日星期五，下午五时左右，你突然回家。伊莎贝尔并没有感到太吃惊，但她觉得你有些奇怪。原因：这是她第一次遇到泰克斯托·泰克塞尔。是你，又不是你。你讨女人的喜欢，而我不是。那天，你不讨伊莎贝尔喜欢，她不知道为什么。你不说话，只用邪恶的目光死死地盯着她，那是我的目光。你一把把她搂在怀里，她厌恶地挣脱了你的拥抱。

你又把她抱住。她推开你,以示拒绝,然后在沙发上坐下来,不再看你。她不愿与泰克斯托·泰克塞尔发生关系。你受不了,于是走进厨房,拿起最大的那把刀子。你靠近她,她没有防备。你用刀扎了她好几下。两人没有说一句话。"

沉默。

"我想不起来了。"杰洛姆执拗地说。

"有那么难吗?我可没忘。"

"您刚才跟我讲了个完全不同的版本。还有第三、第四个版本吗?"

"我跟你讲述了泰克斯托·泰克塞尔版本,它跟杰洛姆·安古斯特的版本并不矛盾。那天,你太太厌恶你,因为她在你身上似乎看见了一个梦想强奸她的贪婪恶魔。你的版本是无声的,我的版本则给泰克斯托·泰克塞尔与伊莎贝尔无声的精神对话加上了注解。在我的版本里,我提到了亚当和夏娃。巧得很,《创世记》里关于他们的故事也有两个版本。叙述者刚刚讲完关于堕落的故事,马上又用另一种方式重新讲了一遍,好像从中得到了乐趣似的。"

"我可没有。"

"那就可惜了。杀了人之后,你拿着刀,回到办公室。在那里,你又平静地变回了杰洛姆·安古斯特。一切恢复如常。你感到很幸福。"

"这辈子我最后一次感到幸福。"

"晚上八点左右,你回到家,跟一个因周末到来而快乐欣喜的普通家伙没什么两样。"

"我打开门,看见了那一幕。"

"你已经看见过这一幕了——你就是其作者。"

"我恐惧而失望地大叫起来。邻居们赶来了,他们报了警,警察询问我时,我已经傻了,神志不清。凶手一直没有抓到。"

"我刚才说了,你犯罪犯得天衣无缝。"

"罪大恶极。"

"别吹牛了,真是滑稽。你这个白领哪,别人刚把你杀死了自己太太的事儿告诉你,你就以为自己是个恶棍了——这简直就是妄自尊大。别忘了,你只不过是个业余罪犯。"

"不管您是不是我,我都恨您!"

"你还怀疑?拿出你的手机,给你秘书打电话。"

"您以为自己是谁?"

"服从命令。"

"我想知道!"

"如果你再这样,我就自己来打。"

安古斯特拿出手机,拨了号码。

"卡特琳娜吗?我是杰洛姆,没打搅您吧?"

"要她看看你办公桌左边最下面的抽屉里的那沓纸下面有什么东西。"

"您能帮我一个忙吗?到我办公桌左边最下面

抽屉里看看那沓纸下面有什么东西。谢谢。我等着，别挂电话。"

"照你看，那个可怜的卡特琳娜会在那儿找到什么？"

"不知道。我很久没有打开那个抽屉了……喂，是的，卡特琳娜吗？啊，谢谢，我以为把它弄丢了，已经好长时间找不到它了。很抱歉打搅您。再见。"

安古斯特挂了电话，脸色苍白。

"啊，是的，"泰克斯托微笑着说，"就是那把刀，它在那个抽屉里躺了十年了。好极了，你简直是密不透风。你的声音非常平静，卡特琳娜什么都没察觉。"

"这不能证明什么。那把刀是您放在那里的！"

"是的，是我。"

"啊！您承认了！"

"我早就承认了。"

"您趁卡特琳娜不在的时候悄悄地溜进了我的办公室……"

"慢。我就是你。我进你的办公室没必要遮遮掩掩。"

安古斯特用双手蒙着头。

"如果您就是我,为什么您讲述的事情我一点儿都记不起来?"

"你没必要记得它。我代你记得你的罪行。"

"我还犯过其他罪吗?"

"这还不够吗?"

"我希望您不要对我有任何隐瞒。"

"放心吧!你这一辈子只爱伊莎贝尔,所以你杀了她。你是在一个公墓中遇到她的,你又使她回到了你们相遇的地方。"

"我无法相信您说的话。我对伊莎贝尔的爱有多深,您是想象不到的。"

"我知道。我也同样爱她。如果你无法相信我,别忘了,我亲爱的杰洛姆,还有一个最好的、绝不会错的办法证明我说的话。"

"什么办法?"

"你还不明白?"

"不明白。"

"可我早就要你做了。"

"杀死您?"

"是的。如果杀死我以后你还活着,你就会知道你是无辜的,没有杀死你太太。"

"可杀死您也是犯罪。"

"这就是所谓的风险。"

"在眼前这种情况下,是拿生命冒险。"

"冒险,就是冒生命之险。人只能用生命来冒险。如果不用生命冒险,人等于白活。"

"可现在,如果我冒险,我就会死。"

"如果你不冒险,你会死得更快!"

"您好像没有明白。如果我杀了您,而您又不是我,我就会在监狱中度过余生!"

"如果你不杀我,你会在一个糟得多的监狱里度过余生,这个监狱就是你的大脑,你会不停地问自己,最后折磨自己,问自己究竟有没有杀死妻子。"

"那样的话,我至少是自由的。"

泰克斯托爆发出一阵大笑。

"自由?你是自由的?你觉得自己自由?你被破坏的生活,你的工作,这就是你所谓的自由?你现在还什么都没有明白。当你整夜整夜地试图把那个罪犯从身上赶走时,你以为你将获得自由?挣脱了什么而获得的自由?"

"这是场噩梦。"安古斯特摇摇头,说。

"是的,是一场噩梦,但它有一条出路。只有一条出路。幸运的是,这出路绝对稳当。"

"不管您是什么人,反正您使我陷入了宇宙中最险恶的境地。"

"是你自作自受,老兄。"

"别再这样跟我套近乎,简直让人难以忍受!"

"杰洛姆·安古斯特先生高贵得别人不能用'你'称呼他?"

"您破坏了我的生活,难道还不满足?"

"太有意思了,有些人喜欢指责别人破坏了他们的生活,他们有这种需要。其实他们根本无需任何人的帮助,自己就完全能够做到!"

"住口!"

"你不愿意别人告诉你事实的真相,是吗?其实你心里很清楚,我是对的。你知道你杀了自己的太太。你感觉到了。"

"我什么都没有感觉到!"

"如果你丝毫没有怀疑,你就不会像现在这个样子。"

泰克塞尔笑了。

"您觉得好笑吗?"

"你应该照照镜子,你痛苦得令人同情。"

安古斯特恨得直咬牙。一股巨大的怒火从腹中涌上心头。他站起来,一把抓住敌人上衣的翻领。

"您还笑吗?"

"我大笑!"

"您不怕死?"

"你呢,杰洛姆?"

"我再也没有什么好怕的了!"

"到时候了!"

安古斯特把泰克塞尔推到旁边的墙上,根本无视围观者。他心中只有愤怒。

"您还笑吗?"

"你还用'您'称呼我?"

"去死吧!"

"终于如愿以偿了！"泰克斯托大喜。

安古斯特抓住敌人的头，把它往墙上撞了好多下，每撞一次都大喊："自由了！自由了！自由了！"

他撞了又撞，兴奋不已。

当泰克塞尔头颈上的那个黑匣子爆裂时，杰洛姆感到了一种深深的解脱。

他松开尸体，走远了。

敌人的美容术

* * *

1999年3月24日,前往巴塞罗那的乘客们在等待飞机起飞时目睹了一场无名演出。当飞机不明原因地延误到第三个小时,一个乘客离开座位,来到大厅墙边,头往墙上撞了好多下。他愤怒得像头狮子,以至于谁都不敢去拉他。他一直撞到倒地身亡为止。

这场莫名其妙的自杀有许多人目睹,他们绘声绘色地讲述细节,说那个人每往墙上撞一下,嘴里都要大喊。他喊的是:

"自由了!自由了!自由了!"

译后记

这本书起码有两种读法。一是把它当悬念小说来读。它情节曲折,故事性强,悬念很足,有太多的亮点吸引你一口气读完。至于中间的那些斗嘴和辩论过程,如果你愿意,尽可以一目十行,或直接跳过,断不会影响你抵达故事的终点。然而,我还是建议你把它当作一本哲理小说来读,而且阅读的重点恰恰要放在第一种读法放弃的那些段落,因为那才是这本书的精华所在。这本一百多页的小书,如果光读故事,几个小时即可翻完,但如果要读出书中的真谛、奥妙和作者的用意，只读一遍是不够的，需要反复琢磨。我相信每读一遍都会有新的发现和感悟。好的小说一定是耐读的。

首先，必须弄清书中的"敌人"是谁。他叫泰克斯托·泰克塞尔。诺冬的大部分小说，其主要人物往往都取了一个古怪的名字，如《硫酸》中的帕诺尼克、《罗贝尔专名词典》中的普莱克特鲁德、《杀手保健》中的普雷泰克斯托、《蓝胡子》中的艾雷米里奥等。这些名字都有隐秘的历史、哲学、文学出处或背景，可以考证出一大堆有趣的东西来。

泰克斯托是一个没有朋友、没有爱情的人，他"活着的乐趣，就是在不触犯法律的前提下损人利己"。这天，他在机场的候机厅搭讪继而纠缠一个名叫安古斯特的乘客，没话找话，穷追不舍，逼对方听他讲述。乱扯了一通之后，他谈起了宗教、哲学与人生，然后话题一转，说自己上

译后记

小学时杀死过一个同学,还曾偷吃祖父家的猫粮。最后,让安古斯特大吃一惊的是,他竟然说,二十年前,他在墓地里强奸了一个叫伊莎贝尔的女子;十年前,也是他杀死了已嫁给安古斯特的伊莎贝尔。

他杀死小同学是因为妒忌,而杀死安古斯特的妻子是因为爱。因妒忌尤其是因爱而杀人,这在诺冬的小说中经常出现,《杀手保健》中老作家杀死了他深爱的表妹,《刺客》中的埃皮法尼用道具刺死了他心爱的人。在泰克斯托看来,爱情会毁灭一切,"每个人都会杀死自己所爱的人"。这是一个极端自私的人,"别人只为我的快乐而存在"。他蔑视道德,"真正的道德是嘲笑道德的",他甚至搬出法国哲学家帕斯卡和德国哲学家施蒂纳的理论为自己的行为做注脚。

奇怪的是,他为什么十年后来找安古斯特坦白,并且激怒安古斯特,坚持要安古斯特杀死

敌人的美容术

他?他的说法是,他产生了罪恶感,这种罪恶感驱使他要惩罚自己。他奉行快乐原则,"我根据快乐的大小来判断行为的好坏","肉欲享受是人生的至高目标"。他认为杀人犯通常不会感到内疚,因为杀人给了他们快感。但他是在不情愿的情况下被迫杀死伊莎贝尔的,是"违心地犯下了这桩完美的罪行"。强奸了伊莎贝尔后,他天天想念她,到处找她。十年后,一个误会让伊莎贝尔把他请到了家里,从而为他再次作恶提供了机会。当伊莎贝尔发现他的真面目,要驱赶他走的时候,他掏出了刀子,让伊莎贝尔结束他的生命,因为他不能离开她而活着。他想得到被杀的快乐,说只有互相的快乐才是真正的快乐。但伊莎贝尔拒绝给他快乐,推搡之间他"失手"杀死了对方。

又过了十年,他终于找到了伊莎贝尔的丈夫,希望安古斯特能杀死他,为妻子报仇。安古斯特

译后记

是一个理性的男人,不想私下复仇、违法犯罪,而想用法律来堂堂正正地惩罚他,并反问他,如果有罪恶感,想以死赎罪,为何不自杀?泰克斯托的回答是:"是我的罪恶感让我觉得有必要被您杀死。"而此时的安古斯特已经看穿他的快乐哲学:"您想得到被我杀死的快乐。"尽管他不想满足泰克斯托的愿望,却经不起泰克斯托的激将法,最后还是失控把泰克斯托撞死在墙上。

如果小说就此结束,那就流于一般了。这时,一个巨大的转折超出了所有人的想象:这个泰克斯托不是别人,正是安古斯特本人,准确地说,是安古斯特身上的一部分,恶的那部分。在作者看来,人的身上既有善也有恶,善恶一直在进行着斗争。恶要满足自己的愿望,势必会损害或毁灭善,所以"它"是正义的敌人。这个敌人藏于人体,是人"内在的敌人",而人并不认识自身的"敌人",所以也无法真正认识自己。兰波

敌人的美容术

因此才说:"我就是他人。"帕斯卡因此才说:"自我是可恨的。"这个敌人力量强大,无法消灭,它将伴你终生,杀死了它也就杀死了自己。

这个敌人善于伪装,且会"美化"自己,这也是书名"美容术"(cosmétique)这个词所暗示的意思。然而,诺冬又颠覆了人们关于这个词的认知。根据词源,在亚里士多德时期,这个词的原义是"关于宇宙普遍秩序的科学,是支配世界的最高道德",后来该词常用于美容领域,逐渐演变成"美容术"的意思,并泛滥开来,淹没了它的原义。

泰克斯托的最高道德,他的正常生活秩序,就是他的快乐原则。他的生命哲学是建立在詹森派的宿命论之上的。他的道德意味着正常人的缺德,安古斯特把他当作疯子,当作恶魔,但所有的疯子都视别人为疯子。泰克斯托也同样,他根本不认为自己是疯子:"疯子指的是行为无法解

译后记

释的人。"而他的行为是有理论依据的,斯宾诺莎、帕斯卡的理论他张口就来。结果,最后发疯的是安古斯特自己,因为在机场的候机厅里,人们看见他揪着自己的衣领,暴跳如雷,又喊又骂,把脑袋往墙上撞。

这人疯了,大家都这么想。

《敌人的美容术》是诺冬的第十本小说,我觉得也是她最好的作品之一,因为它综合了她的成名作《杀手保健》和另一本杰作《午后四点》的优点和特色。小说根据某些哲学理念,塑造了不同寻常的人物,并通过人物之间唇枪舌剑的辩论,迸发出一些思想火花,既娱乐读者,也给人以启迪与思考,让一本短短的小说具有了大部头的思想容量。诺冬的所有小说几乎都由对话构成,这本小说也不例外。这种写作方式对作者的语言表达、逻辑思维、演绎推理能力提出了很高的要求,但也有一个好处,那就是容易被改编成戏剧与电影。事实上，诺冬的许多小说都被搬上银幕与舞台，包括这本小说。瑞士版的戏剧《敌人的美容术》上演了70多场，而电影则是最近几年才拍摄的，2021年还参加了上海国际电影节。只是，片名改成了《完美敌人》，"敌人"也由男性变成了女性。

译者

2022年7月

《圣日耳曼德普雷的文艺范儿》　　　[法]让-保尔·卡拉卡拉 著；彭怡 译
《蒙帕纳斯的黄金岁月》　　　　　　[法]让-保尔·卡拉卡拉 著；彭怡 译
《流浪巴黎的世界文豪》　　　　　　[法]让-保尔·卡拉卡拉 著；黄雅琴 译
《在特鲁昂饭店那边》　　　　　　　[法]皮埃尔·阿苏里 著；黄荭 郑诗诗 译
《莫奈的两大悔恨》　　　　　　　　[法]米歇尔·贝纳尔 著；黄雅琴 译
《不再等待戈多》　　　　　　　　　[法]迈利斯·贝瑟里 著；彭怡 译
《敌人的美容术》　　　　　　　　**[比]阿梅丽·诺冬 著；赵文趣 译**
《谁杀了诗人？》　　　　　　　　　[法]路易斯·德米兰达 著；钟一 译
《萨冈的1954》　　　　　　　　　　[法]安娜·布雷斯特 著；彭怡 译
《加油站纪事》　　　　　　　　　　[法]亚历山大·拉布吕夫 著；刘婧娇 译
《沉默的囚徒》　　　　　　　　　　[法]圣地亚戈·阿米戈雷纳 著；台学青 译
《天降死鸟》　　　　　　　　　　　[法]维克多·普歇 著；范晓菁 译
《安详辞世》　　　　　　　　　　　[法]西蒙娜·德·波伏瓦 著；赵璞 译
《七十五页》　　　　　　　　　　　[法]马塞尔·普鲁斯特 著；杜青钢 程静 译